W0351654

La memoria

1021

DELLO STESSO AUTORE

Pista nera
La costola di Adamo
Non è stagione
Era di maggio

Antonio Manzini

Cinque indagini romane per Rocco Schiavone

Sellerio editore
Palermo

2016 © Sellerio editore via Siracusa 50 Palermo
e-mail: info@sellerio.it
www.sellerio.it

I racconti riuniti in questo volume sono apparsi per la prima volta nelle seguenti antologie:
Capodanno in giallo, 2012 («L'accattone»); *Ferragosto in giallo*, 2013 («Le ferie di agosto»); *Regalo di Natale*, 2013 («Buon Natale, Rocco!»); *Carnevale in giallo*, 2014 («La ruzzica de li porci»); *Vacanze in giallo*, 2014 («Rocco va in vacanza»).

Questo volume è stato stampato su carta Palatina prodotta dalle Cartiere di Fabriano con materie prime provenienti da gestione forestale sostenibile.

Manzini, Antonio <1964>

Cinque indagini romane per Rocco Schiavone / Antonio Manzini.
- Palermo: Sellerio, 2016.
(La memoria ; 1021)
EAN 978-88-389-3445-2
853.914 CDD-22 SBN Pal0285138

CIP - *Biblioteca centrale della Regione siciliana «Alberto Bombace»*

Cinque indagini romane per Rocco Schiavone

Queste cinque indagini di Rocco Schiavone sono ambientate a Roma, nel periodo precedente al suo trasferimento ad Aosta. Per intenderci, prima di Pista nera, *il primo dei libri della serie che vede il nostro preda delle nevi e dei venti gelidi delle Alpi. Sono cinque racconti usciti in altrettante raccolte Sellerio negli anni passati. Il primo, «L'accattone», è il debutto del vicequestore sulla carta stampata. Dalla sua riuscita dipendeva il futuro del poliziotto trasteverino. È come fare un salto indietro nel tempo e vedere Rocco nella sua città, nel suo ambiente, con i suoi amici di sempre. Il nostro sapeva che prima o poi avrebbe dovuto lasciare la città eterna, ma non sapeva per quale destinazione. Non ne aveva la più pallida idea. Aveva scritto una personale graduatoria delle preferenze. Milano al primo posto, poi Venezia, poi Genova... Aosta non risultava neanche all'ultimo posto. Non per cattiveria o antipatia. Semplicemente Rocco non ci aveva pensato. Non gli era venuto in mente. Non sapeva neanche dove si trovasse esattamente quella città. Da qualche parte sopra Torino. A dirla tutta, neanche sospettava ci fosse una questura.*

Ma si sa, c'è sempre tempo per imparare cose nuove...

A. M.

L’accattone

Alfredo Bissolati ce la poteva fare.

Doveva solo attenersi alle regole principali senza sgarrare mai. Bastava poco, un errore anche piccolo e la sua vita sarebbe rotolata via insieme ai 400 euro di pensione che percepiva ogni mese.

La carne per i cani. Quella era stata la prima scoperta di Alfredo. 500 grammi di carne costavano 80 centesimi. E con una scatola ci mangiava due giorni. Poi un chilo di riso soffiato. Sempre per cani, tanto gli avevano detto che era uguale a quello macrobiotico, e costava solo un euro e cinquanta. Il riso durava dieci giorni. Quindi facendosi due conti con poco più di 16 euro mangiava un mese intero. Ma doveva ancora migliorare l'apporto giornaliero di potassio e vitamine, essenziali per il corpo e il funzionamento degli organi. Senza quelli non andava avanti. Aveva trovato la soluzione al mercato di via Garibaldi. Dopo la chiusura, quando anche l'ultimo dei clienti era sparito e le bancarelle cominciavano a chiudere le saracinesche, trovava un sacco di roba. Buttano l'ira di Dio i mercati. Frutta e verdura ancora buona. Magari perché un po' ammaccata, o leggermente nera. Pomodori, foglie di insalata, mele, melanzane. Qualche volta anche una banana. E lui andava, cercava e portava a casa le vitamine essenziali. Doveva solo essere più veloce di Carlo e del ragionier Iatta.

SDRANGHETEBAM!

«Che cazzo!» saltò in aria Alfredo. Li vide scappare. Tre ragazzini. E la puzza di polvere da sparo nell'aria. Li maledisse «a brutti fijidenamignotta!», ma i tre avevano già scavalcato la recinzione di un condominio. «Lo sapete dove ve li metterei 'sti petardi?» urlò. Solo ora si rese conto che s'era addormentato sulla panchina. Le sue sinapsi logorate dal tempo ci misero un minuto a resettarlo con la realtà: cielo nero, dunque era tardi, petardi, perché era il 30 dicembre.

«Che ore so'?» disse. Non aveva l'orologio. Si alzò e si avvicinò al parchimetro. Aveva imparato che sui mangiasoldi per il parcheggio c'era sempre segnata l'ora. Le cinque e mezza!

Sdranghetebam! fece eco lontano un ennesimo petardo sparato dalla banda di ragazzini. Le cinque e mezza! Era terribilmente in ritardo sulla tabella di marcia. «Brutto deficiente» si disse «che t'addormenti sulla panchina? Il 30 dicembre poi? Me sto proprio a rincojoni'!». Anche se stava facendo un sogno dolcissimo. Era Assunta, sua moglie, che se n'era andata tanti anni fa in un incidente domestico. Una scivolata su una saponetta in bagno. E la vita di Assunta si era spenta sul bordo del bidet di porcellana della Richard Ginori. Ma quand'era? Il '69 o il '79? pensava. Mica se lo ricordava. Facce, strade, amici spesso giravano nella sua testa alla velocità di una giostra, e la sua memoria somigliava a una nebulosa dalla quale ogni tanto spuntava un viso, una strada, un odore. Ma non sempre riusciva a metterli in fila. Gli faceva brutti scherzi, la memoria. Per esempio si ricordava benissimo le cose da bambino. Le canzoncine che cantava come balilla prima e avanguardista dopo, le botte della maestra Anna Maria Cagliostro Serino, le carrube che ciancicava all'uscita di scuola. Ma quello che aveva fatto la mattina prima no. Non lo ricordava. Si chiuse la lampo della giacca a vento, si annodò la sciarpa di lana sul petto e si incamminò al passo più svelto che i suoi 84 anni gli concedevano. Se non si fosse sbrigato, al mercato non avrebbe trovato più niente. Sapeva che oggi, penultimo dell'anno, le bancarelle avrebbero fatto orario anche di pomeriggio, ma alle cinque comunque avrebbero chiuso. Erano quasi le sei, e in un'ora il ragioniere Iatta e Carlo avrebbero già potuto razzolare tutto il meglio. Con l'ansia e la testa bassa pensava solo a fare un passo dopo l'altro. Come gli avevano insegnato nell'esercito. «Paassooo! Passoo! Passo! Uno'ppì».

Svoltò l'angolo e vide il mercato di via Garibaldi, il suo mercato! Era lì con i suoi chioschi verde-grigio e i tetti di lamiere che riflettevano la luce dei lampioni. I banchi avevano già chiuso le saracinesche, e le cassette di frutta vuote giacevano accatastate ai lati dei gazebo ortofrutticoli. Un cane annusava indisturbato. Del ragioniere Iatta e Carlo non c'era traccia. Magari quei due non lo sapevano che c'era mercato oggi pomeriggio, pensò, e accelerando il passo entrò nel recinto di metallo che circondava il mercato. Subito una bella notizia gli aprì il cuore. A terra c'erano foglie di insalata. E un finocchio ancora intero se ne stava incastrato sotto la saracinesca della bancarella numero 12, che era di un egiziano, Faruk vattelappesca. Bene! si disse. Con un gesto rapido sfoderò la bustina di plastica dalla tasca e si chinò a raccogliere le due foglie di insalata per poi avvicinarsi al finocchio. Raccolse anche quello. Solo le foglie esterne erano nerastre, ma eliminate quelle era ottimo, bianco e carnoso. Una vera botta di fortuna. Girò intorno alla bancarella di Faruk, e sulle cassette di legno trovò addirittura due mele appoggiate. Erano state morse da un lato. Bastava tagliare via il quarto mangiucchiato per avere due frutti belli polposi da mangiare dopo cena. Si diresse verso il chiosco numero 13. Buste di plastica incastrate fra le zampe di ferro dei baracchini, due secchi, cassette sparse ma neanche l'ombra di una verdura. Maledetti, sono già passati. Deviò deciso verso la 14. Solo torsoli di lattuga romana, scarti di cicoria, un pacchetto trasparente con dei chiodi dentro nuovi di zecca, un centimetro da carpentiere con la targhetta del prezzo ancora attaccata... un paio di mocassini vecchi con i buchi sotto la suola. Infilati nei mocassini c'erano i calzini a rombi che proseguivano con i pantaloni di fustagno marroni stretti in vita da una cinta logora. Sopra i pantaloni una giacca di lana vecchia e lisa sotto i gomiti, dalla quale usciva una camicia di flanella rossa e marrone. Dal colletto della camicia a quadretti spuntava la testa insanguinata del ragionier Iatta. Gli occhi azzurri e aperti, la bocca spalancata e la chiostra dei denti superiori staccata dalle gengive.

«Madonna del Loreto!» disse Alfredo accasciandosi come un burattino abbandonato dal marionettista alla fine di uno spettacolo. «Ragioniere...» lo chiamò a bassa voce «ma che cazzo...?».

Trenta dicembre, sei di pomeriggio. Il vicequestore Rocco Schiavone guardava fuori dalla finestra il buio picchiettato dalle luci degli uffici dei palazzi di fronte. Aveva quattro alternative per far finire quel pomeriggio vuoto e deprimente: 1) partita a briscola on-line, 2) rompere le palle all'agente biondina del terzo piano, 3) cercare sul «Messaggero» qualche annuncio divertente, 4) cannetta. Optò per la quarta. Si mise a rollarla davanti alla finestra del suo ufficio al commissariato Colombo, EUR, Roma. La sua città. Dov'era nato, a Trastevere, vicolo del Bologna, dov'erano nati i suoi genitori, i suoi nonni. Sempre in quell'appartamento a piano terra. E la culla era sempre la stessa da tre generazioni: un cassetto del settimino di nonna buonanima. Roma che adesso forse doveva lasciare. E per sempre. L'avevano beccato. Avevano indagato. E ora rischiava di pagare un prezzo altissimo per quella cazzata di due anni prima. Che se ci pensava gli venivano ancora i brividi lungo la schiena. Bene che andava lo stavano per trasferire, lui lo sapeva. E i capoccioni pure. Sperava solo di finire al Nord. Lì almeno il lavoro sarebbe stato più leggero. Se fosse prevalsa la linea dura e avessero ignorato i suoi brillanti risultati in polizia, la sua carriera andava a farsi benedire. E forse anche la sua libertà personale.

Fumava e guardava i fari delle macchine impazzite. Se l'immaginava quei tipi e quelle tipe mentre si affrettavano per gli ultimi acquisti prima del cenone di domani. A caccia di mutande rosse, spumanti zuccherosi, salmoni affumicati nei supermercati e botti dai banchetti dei cinesi.

Lui a Capodanno andava a dormire alle undici e un quarto.

Al massimo.

Capodanno nella lista di Rocco Schiavone veniva al terzo posto delle peggiori date del calendario. Al primo posto c'era il suo compleanno, che lui odiava in maniera totale, violenta, omicida. Gli auguri li considerava degli insulti. E non era un atteggiamento preso dopo i quaranta, non era una cosa da scambiare con la senilità incipiente e col tempo che passa sempre più veloce. Lui già a sei anni, quando giocava per le strade di Trastevere, poteva spaccare teste e setti nasali se un amichetto o un parente gli avesse fatto i fatidici auguri il 7 di marzo.

Al secondo posto c'era la Pasqua. Rocco la odiava per tre motivi. Il primo era che non arrivava mai lo stesso giorno. Cambiava ogni anno, e questo la rendeva imprevedibile e micidiale come un killer professionista. Il secondo che, proprio per la sua imprevedibilità, faceva arrivare le colombe e le uova mentre ancora stavi digerendo il panettone di Natale. Il terzo era di natura squisitamente teologica. Sapete quando è nato il figlio di Dio. Possibile che non siete mai riusciti a capire quand'è che è risorto? Al terzo posto c'era il Capodanno. Dovere per forza andare da qualche parte a fare il conto alla rovescia, stappare la bottiglia, urlare auguri a squarciagola e fingere di divertirsi e essere sereno. E poi c'erano i botti. Nel suo personalissimo codice la pena per i costruttori e i fruitori dei fuochi di Capodanno andava da un anno di reclusione ai lavori forzati in una miniera in Cile, in base ai botti che utilizzavano, al rumore che provocavano e ai soldi che riuscivano a sprecare in sei minuti. Gente che lesina sulla frutta e la verdura tutto l'anno per poi scoppiare centinaia di euro in pochi minuti ferendosi, facendo danni, spaccando oggetti e coglioni, lui la detestava. Il primo gennaio invece era uno dei giorni più belli dell'anno. Nessuno per le strade, nessuno nei negozi, tutti a dormire gonfi di cibo e vino da supermercato, con le bocche secche e le orecchie che ancora fischiano per la musica a palla e i tricchetracche sul balcone. E lui solo, a Ostia a passeggiare sulla spiaggia.

Si accorse solo al terzo squillo che il telefono richiedeva la sua attenzione.

Alzò la cornetta.

«Sì?».

«Dottor Schiavone?».

«E chi vuoi che sia?».

«Abbiamo un problema al mercato di via Garibaldi».

«Alle sei del 30 dicembre? Quale problema, Parrillo?».
«Un morto».

«Ugo Iatta, 79 anni, ex commercialista. Abitava in piazza Pantero Pantera» gli spiò l'agente Parrillo che aveva guidato a 200 chilometri all'ora sulla Cristoforo Colombo.

Rocco guardava l'uomo steso a terra illuminato dalle luci al quarzo dei lampioni stradali. Alla destra del cadavere c'era una bustina di plastica piena di chiodi e un centimetro da carpentiere. Sembravano nuovi. Avevano ancora il prezzo appiccicato sopra.

Non ci voleva l'anatomopatologo per capire cosa avesse provocato la morte del vecchietto. La parte destra del cranio era fracassata all'altezza della tempia. Liquido organico s'era seccato intorno alla ferita e un rivolo di sangue era sceso a toccare l'asfalto. Non c'era tanto sangue. Anzi, ora che Rocco osservava meglio, era davvero poca roba per una botta simile. Non era il primo morto che vedeva, e non sarebbe stato neanche l'ultimo. Ma lasciarlo lì con la dentiera mezza staccata e gli occhi vitrei lo infastidì. «E intanto copritelo, checcazzo!» ordinò agli agenti.

Rocco si guardò intorno. Le luci a intermittenza blu delle auto della polizia e della Scientifica martellavano i palazzi e le facce dei curiosi affacciati alle finestre. Al di là della grata di alluminio che circondava il mercato, c'era un prato dove tre persone osservavano in silenzio la scena mentre i loro cagnoloni giocavano a rincorrersi e a mangiarsi le zampe posteriori.

Seduto su una pila di cassette di frutta vuote c'era un uomo. Vecchio. Indossava una giacca a vento che una volta doveva essere blu, ora mandava dei riflessi grigio-marroni. L'uomo guardava a terra e beveva da un bicchiere di polistirolo che l'agente biondina del terzo piano gli aveva appena offerto.

Rocco gettò la sigaretta e si avvicinò al vecchio.

«Vicequestore Rocco Schiavone».

Il vecchio scattò in piedi: «Alfredo Bissolati».

«Stia, stia... allora l'ha trovato lei?».

Alfredo fece sì con la testa.

«Lo conosceva?».

«Sì». Gli occhi del vecchio erano neri e sembravano nuotare in una pozza d'acqua. «Ci litigavamo la roba al mercato». Schiavone non aveva capito. «Vede? Veniamo alla chiusura a prendere quello che scartano i venditori e la gente... insomma, facciamo la spesa».

Schiavone guardò l'agente biondina che scuoteva la testa mordendosi le labbra.

«Lei e il coso lì... il ragioniere vi litigavate la roba?».

«Sì. E pure Carlo».

«Carlo chi?».

«Carlo Moriani. Ma oggi non l'ho visto».

«Mi racconta di oggi pomeriggio?».

«Mi sono addormentato sulla panchina. Proprio laggiù, dietro l'angolo. Stavo aspettando l'orario di chiusura e... patapumfete... mica lo so perché. Poi m'ha svegliato un petardo. E allora ho capito che era tardi e sono venuto qui. Poi ho trovato il ragioniere...».

«Prima di andare sulla panchina, lei controllava il mercato?».

Alfredo Bissolati guardò in terra, poi il vicequestore. «La verità dotto'? Non me lo ricordo. Mi sa che ero andato a fregare lo zucchero al bar» e per comprovare la sua tesi tirò fuori delle bustine di zucchero dalla tasca della giacca a vento. «Costa troppo lo zucchero. Così lo prendo al bar di nascosto».

Il vicequestore annuì: «Vada a casa signor Bissolati. E mi stia bene».

Il vecchio rise mostrando almeno tre buchi fra incisivi e canini: «Nessuno mi chiama signore da almeno quarant'anni».

«Quanti anni ha?».

«Sono del '24...».

«Anche mio nonno era del '24. Lei era nell'esercito?».

«Sissignore, con la Pasubio fronte del Don inverno del '43».

«Pure nonno Pietro. Ma era con la Julia. Era abruzzese» disse Rocco.

«Gli alpini!» gli occhi di Alfredo si accesero. «Quelli sì che erano soldati. L'unico corpo a non essere stato sconfitto laggiù».

Provò ad immaginarselo il giovane Bissolati, imbacuccato, mentre avanzava nelle nevi dell'Ucraina incolonnato con gli altri disperati alla ricerca di un pasto caldo o di un'isba che lo riparasse dai 43 gradi sotto lo zero. E lo rivedeva lì. Ancora imbacuccato per solo sei gradi sopra lo zero in mezzo al mercato con la bustina di plastica poggiata a terra piena di scarti del mercato ortofrutticolo. Rocco lo salutò con la mano su una visiera immaginaria, Alfredo rispose al saluto sull'attenti.

«Dottore!» la voce dell'agente Parrillo lo richiamò.

«Che vuoi?».

«C'è uno della Scientifica che le deve far vedere una cosa».

Rocco seguì l'agente scelto Parrillo fino al corpo di Iatta sul quale rimbalzavano i flash del fotografo di scena. L'agente era in borghese e portava due copri-scarpe di plastica. Mostrò un sacchetto in polipropilene per il repertamento al vicequestore. Dentro c'era un martello. «L'arma del delitto... presumibilmente. Sopra ci sono tracce di sangue. Stava per terra a due metri dalla vittima». Rocco annuì. «È nuovo... c'è ancora il prezzo».

«Già» rispose l'agente.

«Mi sa che insieme ai chiodi e al centimetro l'aveva appena comprato la vittima stessa. Sopra c'è il nome del ferramenta. Andate a farci due chiacchiere».

L'agente annuì: «Non è dell'assassino?».

«Non l'avremmo trovato qui per terra. Solo mi chiedo... martello, chiodi, centimetro... ma una busta? Dico mica uno compra 'sta roba e se la porta in giro così. Cosa abbiamo imparato?». L'agente guardò Rocco senza capire. «Che l'omicida non è un professionista. E che ha agito per un raptus. Tanto che l'arma del delitto sta qui».

«La porto alla Scientifica per le impronte».

«Fai pure» disse Rocco con un'alzata di spalle e detto questo lasciò il campo al medico e agli agenti della

Scientifica. Quella era una cosa che non riusciva a sopportare. La Scientifica. Con le loro ricerche minuziose, la terra sotto le scarpe, le gocce di sangue, le tracce di pelle sotto le unghie, mesi per avere un dna. Poi nella maggior parte dei casi tutta quella massa di peli nell'uovo formava un bel pellicciotto buono solo per la discarica comunale. Nella sua decennale esperienza se era riuscito a mettere le mani su un assassino era sempre grazie a testimoni oculari, ai parenti delle vittime e dal 1995 ai cellulari. Quelli parlavano più di un informatore anonimo.

Aveva lasciato i suoi agenti e l'ispettore capo a fare il solito giro per il vicinato alla ricerca di qualcuno che avesse visto o sentito qualcosa. Lui invece era andato da solo a piazza Pantero Pantera. Al numero 14. L'indirizzo della vittima. Il ragioniere abitava all'interno 1/b. Traduzione: sottoscala.

Odore di muffa e di spazzatura. Accese la luce. Una sola lampadina da 40 watt aveva il compito di illuminare i trenta metri quadrati del monolocale. La carta da parati scrostata in più punti era gialla con fiorami di colori ormai indistinguibili. Una finestra alta dava sul marciapiede della strada dalla quale non passava neanche una bava di luce. Ma c'era da scommettere che anche in pieno agosto col solleone le cose non cambiavano molto. La cucina era un tavolo di legno con un fornello a due fuochi sopra. La bombola del gas stava sotto il mobile tarlato. Sul lato opposto della stanza c'era il letto. Perfettamente in ordine, con una sovraccoperta piena di elefantini indiani. Il bagno era piccolo, senza finestre, senza bidet e con il piatto doccia pieno di scatoloni. Rocco ne aprì uno. Polvere. Dentro una marea di carte. Conti, bollette della Sip, fatture di ristoranti, biglietti delle FS. Le date parlavano chiaro. Non c'era nulla posteriore al 1992. Roba vecchia che forse una volta era il lavoro del ragionier Iatta. E che lui aveva stipato in quei cartoni di pomodori pelati, ricordi forse di una vita che fu. Avevano preso il posto delle foto e degli oggetti personali. Rocco pensò a quando avrebbe avuto 80 anni. Ammesso che ci fosse arrivato. Nei suoi scatoloni cosa ci sarebbe rimasto? Le foto di Marina al mare, sicuro. Quelle dei suoi amici di Trastevere. Sebastiano, Stampella, Furio e Brizio. Qualche diploma, l'encomio per un caso risolto, un trafiletto di giornale, le lettere del questore che lo minacciava di trasferimento. E soprattutto l'ultimo sacchetto di maria che non era riuscito a fumarsi, magari per l'enfisema o un cancro devastante. Tutta roba che agli occhi di un estraneo non avrebbe significato nulla. E che invece scandiva la sua vita. Decise che anche quelle fatture scandivano il tempo sincopato della vita del ragionier Iatta.

Si accese una sigaretta e sbuffando si mise al lavoro.

Un'ora e dodici minuti dopo Rocco alzò gli occhi per scoprire di aver sparso le carte per tutto il monolocale. Le aveva divise per anni, aveva ingoiato più polvere di un Hoover ma ne era valsa la pena. S'era fatto un'idea precisa del ragionier Iatta.

Nato a Roma nel 1929. Diplomato al Convitto Nazionale nel 1949. Quindi l'avevano bocciato almeno una volta. Nel 1950 esercito. Buco fino al 1953 dove sposa tale Anna Riccobono. Carte ospedaliere lo danno ricoverato per appendicite nel 1955. Altre anamnesi danno tre parti andati male dal '56 al 1960. Poi contemporaneamente al terzo parto c'è il certificato di morte della Riccobono. Comincia la sua attività di ragioniere nel 1962. Gli affitti di quegli anni lo danno a piazza Re di Roma. Poi a Santa Croce in Gerusalemme. E poi nel 1980 Iatta si compra una casa a via Cavour.

«Però» disse Rocco ad alta voce «le cose non ti andavano male!». Da lì il mistero della vita del ragionier Iatta si faceva sempre più interessante. Una scalata al successo dall'80 all'85. Acquisti di una casa a Fregene, e un altro appartamento a Roma, sempre a via Cavour. Nel 1991, all'età dunque di 62 anni, Iatta si ritira dall'attività. Al 1992 risale l'ultimo documento del ragioniere. Un pranzo di 300 mila lire fatturato alla Ciarla, noto ristorante carissimo di Trastevere. Dopodiché il buio. Silenzio assoluto. Se non le carte della pensione che mensilmente ritirava alle poste: 400 euro era quella del mese di dicembre.

«Com'è possibile» disse ad alta voce il vicequestore. Come aveva fatto dal 1992 al 2008 a ridursi così? In soli 16 anni? Da un appartamento a via Cavour ad un monolocale seminterrato alla Garbatella con 400 euro di pensione al mese. E a litigarsi i resti del mercato con altri vecchi, topi e piccioni? Non era logico. Non c'era un nesso. Se uno nella vita s'è comprato tre case perché passa una vecchiaia così misera? pensò. Riprese in mano la cartella dove c'erano gli attestati di pagamento delle tre parcelle notarili per gli appartamenti. E il notaio era sempre lo stesso: Salvatore Cangemi – Roma.

Fece per uscire dal monolocale e vide un oggetto che se ne stava per i fatti suoi, appoggiato a un vecchio comodino male illuminato dalla lampadina. Una scatolina avvolta nella carta regalo. Accanto, un biglietto. La scartò. Dentro, un paio di orecchini di bigiotteria con una pietruzza azzurra. Il biglietto recitava «for your eyes only». E bravo ragionier Iatta. Ancora ci provava, pensò Rocco. Chissà se la vedova sapeva già di essere vedova. E soprattutto chissà dov'era in questo momento. Anche se Rocco sapeva che tempo 24 ore e sarebbe spuntata fuori.

«'Sto Carlo Moriani, l'altro raccoglitore di frutta, si sa qualcosa?» chiese il vicequestore all'agente biondina del terzo piano che finalmente, in quel pomeriggio di fine anno, possedeva anche un nome. Elena.

«Siamo andati a casa sua. Se ne sta a letto con la febbre».

«Dov'è che abita?».

«Al 16 di via Giustiniano Imperatore» rispose pronta Elena.

«Ce l'accompagno, dottore?» chiese Parrillo.

«Sì, ma guido io. Tu corri troppo. E fretta non c'è».

Non è che Rocco odiasse correre in macchina. Odiava quando erano gli altri a farlo. Coprì i tre incroci fino a via Giustiniano Imperatore a palla di fuoco, con la sirena spiegata, facendo venire le vertigini all'ispettore Parrillo, che pure al volante se la cavava. Inchiodò lasciando etti di pneumatico sull'asfalto. «Che piano?» chiese Rocco entrando nel portone.

«Terra» disse Parrillo e scattò anticipando il vicequestore davanti all'interno 3 del palazzo. Suonò il campanello e una donna di un metro e quaranta aprì la porta. Pochi capelli e pochi denti. Gli occhi azzurri e una mantellina di lana sulle spalle. Sorrise ai poliziotti. «Buon anno» disse.

«La vigilia è domani» rispose Rocco e entrò nella casa. Ordinata. Senza un granello di polvere. I pochi mobili e il pavimento di finto marmo splendevano. «Mio fratello è a letto... sta di là» disse la vecchina.

«Grazie».

Rocco aprì la porta. Nel letto c'era un uomo steso con le coperte tirate sotto il mento. «Carlo Moriani?».

«Sì... sono io» rispose e allungò una mano per afferrare gli occhiali sul comodino. Li inforcò. «Lei chi è?».

«Vicequestore Rocco Schiavone. Mi scusi se la vengo a disturbare mentre riposa».

«Si figuri... me sto allena'!».

Rocco non capì. «Si allena per cosa?».

«Per il riposo eterno» e cominciò a ridere della battuta. Il riso si trasformò in una tosse cavernosa che lo squassò tutto. Quando i colpi della cassa toracica finirono, Carlo riprese l'espressione triste. «Ho saputo» disse con una voce catarrosa e flebile «ma dimmi tu... povero ragioniere...».

«Lo conosceva?».

«Quattro chiacchiere ogni tanto. Ci vedevamo al mercato».

«È da ieri che Carlo sta così» intervenne la vecchina che se n'era stata sulla porta. Rocco si girò di scatto. «Perché lei è qui? La prego vada di là... per favore». La donna intimidita dalla reazione brusca del poliziotto si dileguò come fumo da uno spiffero chiudendo la porta della stanza da letto.

«Mia sorella. Mai che se fa i cazzi sua. Pardon commissario» fece Carlo. Rocco scosse la testa. «Quant'è che lo conosceva al ragioniere?». Carlo sembrò pensarci su. Poi disse: «Più o meno da due anni. L'ho visto arriva' un giorno al mercato, dopo la chiusura dico... sa com'è? Io ci vado per cercare un po' di frutta che buttano, ma è ancora bona. Si risparmia dove si può».

Rocco annuì. «Ma mi dica un po' una cosa... Il ragioniere aveva figli? Parenti?».

«Boh. Mi sa di no. Io l'ho sempre visto da solo».

«C'è mai stato a casa sua?».

«A fa' che?».

«Lei Alfredo lo conosce?».

«Chi, quel vecchio rincojonito? Quello sta fuori di brutto. Sta sempre al mercato e s'incazza con me e pure col ragioniere, dice che gli prendiamo la verdura. Ma non è così. Noi prendiamo solo se c'è qualcosa che vale la pena. La maggior parte delle volte torniamo a casa a mani vuote. Quello invece raccatta tutto. Roba vecchia, nera, mele coi vermi. Tutto! Figuriamoci se io gli vado a ruba' quella mondezza. È una specie de barbone, sa? S'inventa un sacco di cazzate... che ha fatto la guerra in Russia, che ha avuto due mogli... poi gli chiedi: e come si chiamavano? E lui non ti sa rispondere. È fracico, secondo me. Ho saputo che se magna la carne dei cani. Ha presente i barattoli de kit e kat? Quelli!».

Anche all'ultimo gradino sociale c'era una scala gerarchica da rispettare. Carlo e il ragioniere un poco più in alto di Alfredo Bissolati ci stavano. E potevano guardarlo dall'alto in basso.

«Martello» gracchiò la voce del medico legale al cellulare di Rocco mentre Parrillo lo stava portando a via Capo d'Africa. «Un colpo solo. Secco. Ma lo sa perché c'era poco sangue?».

«Me lo dica, Cicolella» rispose Rocco mentre la macchina superava il Circo Massimo.

«Perché la martellata al povero ragioniere gliel'hanno data quando era già a terra. Presumibilmente svenuto».

«Presumibilmente?».

«Sì. Vede? C'è una larga ecchimosi sullo zigomo destro. Io la vedo così: qualcuno l'ha colpito con un pugno o roba simile. Quello è stramazzato per terra. E poi l'assassino gli ha dato la martellata. Punto».

«L'ha colpito sullo zigomo destro e gli ha fracassato la parte destra del cranio. Buone probabilità che era mancino».

«Sicuro, Schiavone. Io direi al 98 per cento».

«Grazie. È stato utile».

«Dovere» e riattaccò.

«Ecco, siamo arrivati». Si fermarono davanti al portone di via Capo d'Africa. Quattro belle placche d'ottone dicevano che nel palazzo c'erano due avvocati, uno studio medico e un notaio – «Notaio Cangemi».

«Aspettami qua, Parrillo». Scese dall'auto e si incamminò verso il palazzo.

La segretaria lo aveva fatto accomodare su una poltrona di pelle senza braccioli. Era lì già da una ventina di minuti. I primi dieci minuti li aveva passati a guardare per bene la ragazza. 30 anni, capelli neri ricci e gonfi come quelli di una cantante soul degli anni Settanta, occhiali da vista che nascondevano gli occhi piccoli ma puntuti. Due volte era uscita dal bancone della reception per prendere qualche documento nella libreria a vetri e tutt'e due le volte Rocco l'aveva osservata con quell'attenzione clinica che riservava solo ai cadaveri e alle donne. Un metro e 58, la gonna al ginocchio abbastanza aderente denunciava dei fianchi minuscoli, quasi da uomo. Come piccole erano le ginocchia e le caviglie. Il seno piatto. A tavola. Il corpo minuto stonava con quella cofana di capelli ricci esplosi sotto qualche casco di parrucchiere. Un riccio. Ecco a chi somigliava la segretaria. Un riccio alla ricerca di cibo sotto le foglie di quercia. Era una fissazione di Rocco quella di schedare le persone grazie alla somiglianza con qualche animale. Fissazione che risaliva alla sua infanzia, quando il padre gli aveva regalato una bellissima enciclopedia degli animali. Passava le ore a guardarla. A studiare corpi musi e colori degli animali di tutto il mondo. Da allora non poteva farne a meno. Se qualcuno gli ricordava una di quelle tavole dell'enciclopedia, andava in automatico.

Cominciava ad averne le scatole piene di star lì ad aspettare. Dopo lo studio della segretaria, quello delle litografie appese al muro e aver distrattamente sfogliato «Vanity Fair», si ricordò di non essere un cliente del notaio ma un vicequestore. E allora si alzò e puntò dritto verso la donna. «Allora? Il notaio?».

«Gliel'ho detto, sta parlando con un cliente al telefono e fra dieci minuti è qui».

«Lo ha detto venti minuti fa».

«Senta» disse il riccio puntando gli occhietti famelici su Rocco «deve aspettare».

Rocco dovette ricorrere a una cosa che odiava, ma che sicuramente accelerava i tempi: il poliziotto bastardo. «Senta carina» disse con il tono di voce più pacato che possedeva mentre tirava fuori il portafogli «io sono il vicequestore Schiavone, non vengo qui a fare un passaggio di proprietà ma sto indagando su un delitto. Che dice? Lo riesce a muovere quel culo e chiamarmi il notaio o mi devo incazzare?».

Il riccio spennazzò e corse verso la porta del notaio.

Neanche due secondi dopo e un uomo di una sessantina d'anni apparve sulla porta. «Vicequestore, mi scusi... non pensavo... cosa posso fare per lei?». La segretaria intanto passò alle spalle del suo datore di lavoro e a Rocco sembrò che avesse letteralmente la coda fra le gambe. Poi sorrise al notaio: «Notaio Cangemi, mi scusi se vengo a disturbarla durante il suo lavoro a quest'ora, ma la cosa è importante».

«Si accomodi» poi guardò sprezzante la segretaria. «Myriam, non ci sono per nessuno».

L'ufficio era tutto di legno antico. E le sedie della scrivania di pelle rossa. Il notaio aveva incrociato le mani davanti al petto e guardava Rocco. «Allora... sono tutto per lei».

«Ragioniere Mario Iatta» disse. Sul viso del notaio non passò nulla. Il nome del povero ragioniere non gli diceva niente. Continuava a guardarlo. «Lo conosce?».

«Mario Iatta... Mario Iatta... oddio così su due piedi...».

«Comprò nell'80 e nell'85 tre case in tutto. E tutte e tre le volte lo fece qui nel suo studio».

Il notaio annuì. «Nell'80 avevo 30 anni. Era ancora vivo papà».

«Lei è Salvatore Cangemi?».

«No, Alberto. Salvatore era papà, appunto. Se n'è andato nel '96. Ma se ha fatto qui gli atti, qui sono dottore» allungò la mano ossuta sul telefono multitasti della scrivania e ne premette uno. «Myriam! Vai in archivio. Mi servono tre rogiti di Mario Iatta fatti nell'80 e nell'85».

«Sono sul pc, dottore» gracchiò Myriam.

«Grazie!». Il notaio cominciò a picchiare sulla tastiera. «Prodigi della tecnica. Mi è costato più di mille euro mettere tutti i documenti qui dentro ed eliminare la carta, e me lo scordo sempre. Ecco, adesso richiamo gli anni».

Attesero. Il notaio guardò il computer. «Venga a dare un'occhiata lei, vicequestore» disse. Rocco si alzò dalla sedia e raggiunse la postazione del notaio. Si chinò sul monitor. «Vede?» continuò l'ufficiale di Stato. «Mario Iatta. Ha comprato due case a via Cavour nell'80 e nell'85 e un villino a Fregene a viale Viareggio».

«Vedo».

«La cosa strana è che il venditore è sempre lo stesso: Fabrizio Narducci».

Il vicequestore si tirò su. «E abbiamo un indirizzo di questo Fabrizio Narducci?».

«Qui, almeno nel 1985, risulta residente a Roma in via Accademia degli Agiati».

«Fammi una ricerca, De Silvestri» gridava al cellulare il vicequestore, che De Silvestri era mezzo sordo e a un passo dalla pensione. In realtà erano anni che era a un passo dalla pensione, ma qualcuno ce la metteva tutta per allontanargli quel traguardo. «Mi devi vedere se in archivio abbiamo qualcosa su Fabrizio Narducci. Nato a Roma il 7 ottobre del 1950».

«Quando le serve?».

«Per quest'anno» rispose Rocco.

De Silvestri rise. «Quindi al massimo 24 ore!».

Ma tanto ce ne avrebbe messe di meno. Di questo Rocco Schiavone era sicuro. De Silvestri, quando voleva, era un mastino. «Sono le sette e mezza. Portami a casa, Parrillo». L'agente annuì e accelerò.

«Guarda quant'è bello quest'appartamento. Non lo senti già casa nostra, Rocco?».

Come faccio a dirglielo? Marina ci tiene, pensa solo a questa casa. «Sì, è bello» le dico «800 milioni però...».

«Qui voglio aprire una bella porta a doppia anta. Proprio qui!».

«Perché?».

«Perché quando la apri vedi subito il salone e il terrazzo. Se c'è la tramontana vedi direttamente piazza Venezia e i castelli».

«... speriamo di trovare i soldi...».

«Vieni qua e abbracciami».

I soldi si trovano. Pure lei lo sa. Ma non mi chiede mai come faccio. Un giorno glielo devo dire a Marina. Un giorno la guarderò negli occhi e le dirò: «Amore lo sai come fa tuo marito con tre milioni al mese di poliziotto a comprare una casa così?» ma è meglio di no. Ci tiene tanto lei. E sua madre è convinta così. Perché illuderle? Io per il sorriso di Marina sono pronto. Sono pronto a questo e altro.

Mi abbraccia da dietro Marina. E vedo il suo viso riflesso sul vetro del salone. Quanto sei bella amore mio. Con questi capelli lunghi lisci e neri che sembri una Madonna. Dietro il vetro la notte di Roma e le luci di un aereo. O forse una stella? No, è un aereo, lampeggia. Come gli occhi di Marina.

Invece sul vetro della finestra del salone ora c'era solo il suo viso affogato nel cielo notturno. E dietro il suo viso la doppia porta che Marina aveva voluto aprire tanti anni prima. C'erano i divani, il camino, la libreria. E la cucina. Dove ormai Rocco Schiavone ci faceva solo il caffè e si riempiva i bicchieri di vino.

Citofono.

«Chi è che sfonda?».

Alzò la cornetta. «Rocco? Sono Furio!».

Furio no. Che palle. «Stavo andando a fare la doccia!».

«La doccia alle otto e mezza? Apri e nun di' cazzate».

Aprì.

Furio si era stravaccato sul divano e teneva il bicchiere in mano. Era vuoto, ma Rocco non glielo riempì. «Allora ci vieni domani?».

«Dove?».

«Alla festa. Da Sebastiano. Ci siamo tutti daje!».

«No, che palle».

«C'è Stampella Seba Brizio e poi Cinzia, Adele... dai ci pigliamo una bella ciucca».

C'erano proprio tutti con le solite donne-fidanzate-mogli che se a 20 anni erano attraenti e facevano le misteriose tenendo nascosto il loro grado di intimità cogli uomini del gruppo, e ti facevano sempre odorare la possibilità di una notte di sesso dal momento che, forse, erano libere, a 40 anni diventavano stucchevoli e anche un po' pallose. Che mistero e segretezza vuoi più scoprire? Adele per esempio, che ancora non s'era decisa se era la moglie o l'amante di Furio? Oppure Chiara che stava con Stampella ma anche un po' con Brizio?

«Proprio no» rispose. «Io vado a letto alle 11. E buonanotte a te al Capodanno e all'anno nuovo».

Furio scuoteva la pelata. «Non mi dire che devi lavorare che tanto chi ci crede? Dai, poi andiamo a piazza San Cosimato a fare casino».

«None. E allora non ci senti?».

Visto che Rocco non lo faceva, Furio si versò un bicchiere di rum. «Perché fai così? Questo può esse l'ultimo Capodanno che passi a Roma».

«Vero... ma sai che ti dico? Chissenefrega».

Furio come tutti gli amici di Trastevere sapeva che sulla testa di Rocco Schiavone penzolava una spada di Damocle che nella migliore delle ipotesi poteva finire con un trasferimento in qualche luogo ameno d'Italia, tipo Vacile del Friuli o Cepagatti. Ma poteva anche andare peggio, sempre se i capoccioni avessero scelto di usare la mano pesante. Rebibbia, a dividere la cella con qualcuno che magari lui stesso aveva mandato lì a svernare.

«Sono salito anche per un'altra cosa, Rocco. Un affaretto niente male».

Eccolo il vero motivo, si disse il vicequestore. «E dimmi un po'?».

«Questo periodo sto scarrozzando un assessore all'urbanistica... un povero coglione... parla al cellulare davanti a me. S'è messo in affari con un palazzinaro di quelli nuovi. Tale De Sisti. Conosci?».

«Aivoglia, lo teniamo d'occhio. Ha scalato la piramide in due anni. Suo padre è un idraulico. Quello puzza e i suoi soldi ancora di più».

«Ma senti l'assessore. Mentre guidavo s'è messo d'accordo che si sarebbero visti il primo gennaio al Palaeur. Alle sette del mattino. Secondo te perché?».

«Bustarella. E allora?».

«E allora andiamoci. Lo arresti, lo fai cacare sotto e gli chiediamo quello che vogliamo. Tanto rubi a casa dei ladri, o no?». Furio finì con un solo sorso il rum. «Mi pare una bella idea. Ci stai?».

«No. Io il primo vado a Ostia. A camminare sulla spiaggia. Non ci sto».

«Ma che ti costa?».

«Mi costa organizzare. Mettere in mezzo i due miei agenti De Luca e Marzilli che al momento stanno alla Polstrada, oggi è 30 e una cosa così ha bisogno di una pianificazione di almeno una settimana. No, non mi va. Dovevi venire da me sei giorni fa. E allora lo inchiodavamo all'assessore. Così ti do un consiglio. Va là, volto coperto, gli dai una crocca e ti porti via la bustarella. Pulito, nessuna denuncia e hai fatto un bel Capodanno».

Furio ci pensò sopra. «Da solo non mi va».

«Portati Stampella». Che si chiamava così non perché zoppicasse, ma aveva un destro che sembrava ti avessero appena bastonato con una stampella di legno, appunto.

«E poi devo fare a metà con lui. Quanto può essere?».

«Una bustarella a un assessore? Non vai oltre i 20 mila. Accontentati».

Furio ci si mise a pensare su. Rocco si accese una Camel.

«Ho un cadavere sul groppone. Un vecchio ammazzato a un mercato. Mario Iatta si chiamava...» in poco tempo raccontò all'amico che lo ascoltava attento e preso. Poi all'improvviso Furio saltò sul divano. «Fabrizio Narducci?».

«Sì, è quello che gli ha venduto gli appartamenti. Ma perché, lo conosci?».

«Ma te sei rincojonito Ro'? Fabrizio Narducci... era il cugino di Luzzi. Luzzi te lo ricordi o no?».

Amilcare Luzzi, classe '46, l'anello di congiunzione fra le batterie di Vitinia e la malavita dell'Agro Pontino, come a dire camorra di serie B.

«Porca... lui?».

«E certo che è lui. Luzzi lo usava per i suoi affarucci a Roma. Ti ricordi che aveva pure una moglie, Fernanda mi pare si chiamasse? Che aveva aperto un'agenzia immobiliare?».

«Come no? Fernanda Luzzi, bella figa».

«Eh... è lui. Ma perché?».

«Perché comincio a sentire una puzza fetente, Furio. 'Sto ragioniere aveva comprato tre appartamenti da Narducci. E poi in pochi anni s'è ridotto sul lastrico, 400 euro di pensione e andava a ruba' la frutta al mercato».

Furio si accese una Marlboro. «Brutta storia... che pensi?».

«Che penso? Non lo so. Ma non quadra niente. Io con questo Narducci ci devo parlare».

«Difficile, Rocco. Sta a Prima Porta. Al massimo gli puoi portare dei fiori. Se n'è andato due anni fa».

Furio era meglio di un archivio statale. Si pentì di aver messo De Silvestri alla ricerca di Narducci e company. Ma tutto poteva andare a pensare Rocco Schiavone tranne che era appena entrato in contatto con la mala organizzata degli anni Ottanta e Novanta di Roma. Non erano all'altezza della Magliana, ma erano pur sempre dei brutti figli di puttana.

«E Luzzi?».

«Poggioreale. Se lo sono bevuto a una retata, saranno quindici anni. E se pensi a Fernanda, a parte che mo' dovrebbe avere passato la sessantina, ma credo che si sia ritirata in qualche buco periferico. Così sapevo».

«Ma io mica ce devo prova'. Ci devo solo parlare. Aspetta, che ore sono?».

«Otto e tre quarti».

Rocco prese il cellulare. «De Silvestri?» urlò. «Abbandona la ricerca su Narducci. Mi serve tutto su Fernanda Luzzi».

«Sempre per Capodanno?».

«No, dieci minuti» e attaccò. Tornò a sedersi sul divano. «E mo' facciamoci un altro rum e aspettiamo».

Aspettarono solo venti minuti. De Silvestri richiamò. «Fernanda Luzzi. Ha un bar alla Bufalotta. Ed è pure la sua residenza. Segno che il bar ce l'ha sotto casa. Le mando l'indirizzo con un sms».

«Grazie, De Silvestri».

«Narducci invece è morto due anni fa».

«Lo sapevo. Grazie. Vai pure a casa».

Rocco guardò Furio. «Sta alla Bufalotta. Mo' mi manda l'indirizzo. Ci facciamo un salto domani?» chiese Rocco.

«Ci...?».

«Mi servi. Mentre io parlo con la Luzzi tu dai un'occhiata in giro».

«Ricevuto. In cambio però vieni alla festa».

Rocco storse la bocca. «Andata».

Il bar era l'unico negozio di una palazzina di periferia di due piani. Forza Lazio si chiamava. Fernanda Luzzi uscì sulla porta a vetri. S'era ridotta una vacca da latte e sulla faccia aveva agito qualche chirurgo con il diploma di terza media. Sembrava un testone del carnevale di Viareggio. «Porca...» disse fra i denti Furio. «Già» gli rispose Rocco. Poi allungò la mano. «Fernanda Luzzi?». «Sì» rispose il donnone con una voce cavernosa da 40 sigarette al giorno. «Mi chiamo Rocco Schiavone. E lui è il mio amico Furio Lattanzi». La donna li squadrò: «Te no» disse a Furio «ma te puzzi di commissariato. Chi sei e che vuoi?». «Ci possiamo sedere?». La donna fece sì con la testa e entrò nel bar. Furio rimase attaccato all'auto, Rocco invece la seguì. «L'amico tuo non viene?».

«È il mio autista».

«Ammazza, se guadagna bene a fare il poliziotto».

«Non ci lamentiamo».

Dietro lo specchio del bancone del Bar Forza Lazio c'erano le foto dei campioni di sempre della squadra capitolina. Ovviamente campeggiava sulla Faema quella di Giorgio Chinaglia con tanto di autografo. Ma se il retro del bancone era costellato di calciatori, il resto del bar sembrava un mausoleo dedicato a Roger Moore, l'attore di 007. C'erano le riproduzioni dei manifesti dei suoi film *La spia che mi amava*, *L'uomo dalla pistola d'oro*, *Moonraker*. Rocco sorrise, poi gettò un occhio al barista, un povero magrebino magro e striminzito, che subito nella fantasia di Rocco prese il ruolo dell'amante del donnone. Già se lo immaginava, magro e affamato costretto a delle maratone di sesso con la balena che lo scrocchiava come paglia vecchia mentre pensava a sua moglie ad Agadir, ai tramonti africani e al tè bollente con la menta.

Con un rumore sordo Fernanda crollò su una sedia. A Rocco parve anche di sentir scricchiolare almeno due delle zampe di ferro. «Allora che vuoi?».

Rocco si sedette davanti a Fernanda. La guardò negli occhi. Erano grandi e azzurri. Sotto un etto e mezzo di ombretto. «Lei una volta era una delle donne più belle di Roma».

«Lo so» fece dura Fernanda «poi gli anni...».

«Be', per me è ancora splendida».

«Che paraculo che sei».

«Vero?».

«Rocco sei un bel ragazzetto, e forse una decina d'anni fa t'avrei pure fatto diverti', ma lo vedi? So' una povera vecchia e grassa senza più speranze nel futuro. Dimmi che c'è e poi vai pure a casa che oggi è 31 e devo prepara' il rinfresco».

«Mario Iatta. Mai sentito?».

Fernanda sorrise. «E se pure l'avessi sentito? Chi è?».

«L'ha sentito o no?».

«No».

«Comprò tre case da Narducci. Narducci se lo ricorda?».

«Fabrizio? E come no. Poveraccio... due anni fa...» e fece la croce in aria con le dita, come un papa in benedizione.

«Però adesso io vorrei sapere se Iatta c'entrava qualcosa con suo marito. Oppure no».

«Che ti devo dire, anima mia? Mio marito conosceva tanta di quella gente... Mario Iatta. E che faceva di preciso 'sto signore?».

«Perché usa l'imperfetto?» chiese Rocco sorridendo.

«Che vuoi dire?».

«Lei ha detto: che faceva 'sto signore? Qualcosa le dice che è morto?».

Fernanda sorrise appena. I canotti delle labbra mostrarono due incisivi sporchi di rossetto. «Se un poliziotto viene a chiedere di qualcuno l'80 per cento delle volte è perché quel qualcuno se n'è andato agli alberi pizzuti. Tu m'hai detto: conosceva Mario Iatta? Come a dire...».

Rocco la fermò. «Io non ho detto conosceva Mario Iatta. Io ho semplicemente detto: Mario Iatta. Mai sentito?».

La donna divenne seria. «Mi vuoi arrestare allora?».

«Capace, ma anche no. Allora, mi dica se suo marito aveva a che fare con lui o no».

«Mio marito sta a Poggioreale e non lo vedo da quindici anni. Siamo divorziati».

A Rocco cominciarono a girare. «Lo conosceva o no?».

«Ma che ne so? Perché non glielo chiedi a lui?».

«Perché lo voglio chiedere a te» passò brutalmente al tu «e cominci a rompermi i coglioni co' 'ste storielle. Giù 'sto mascherone di carnevale che hai al posto della faccia e parla chiaro. Mario Iatta aveva a che fare con tuo marito. Voglio sapere perché e quando. Se me lo dici adesso bene, sennò te ne vieni con me e ti fai Capodanno in una bella stanzetta due per due. Allora?».

«Te sei incazzato?».

«Sì. E t'assicuro, Ferna', non sono piacevole quando succede».

«Vuoi un caffè?».

«No. Voglio che mi dici di Mario Iatta».

«Prima dimmi com'è morto».

«Una martellata sulla tempia».

La donna annuì. Poi mosse la testa facendo dondolare i capelli pieni di lacca. «Mario... era il ragioniere».

«E?».

«Teneva i conti di mio marito. Conti diciamo non alla luce del sole, capito?».

«Sì. E poi?».

«Lo pagavamo bene. Doveva ogni tanto fare degli acquisti per noi e prestare il suo ufficio e il suo nome. In cambio stipendio assicurato».

«Riciclava?».

«Forse. Quelli erano affari di mio marito. Io gli ho venduto tre case. Ma t'assicuro che non c'è mai entrato».

«Che senso ha?» disse Rocco ad alta voce. «Perché ammazzarlo ora?».

«Ma chi? Mario? E che ne so? Mio marito sta dentro dal '93... e le carte di Mario il ragioniere da mo' che la finanza ci ha messo le mani sopra. È una storia vecchia, commissario».

«Vicequestore».

«Ah già, mo' se dice così. Te va un caffè adesso?».

«E facciamoci 'sto caffè».

«Ahmed è un genio! Lo fa meglio dei napoletani» disse Fernanda mentre entrava nella sala col bancone. Ahmed sorrise. Ora che si avvicinava, Rocco si accorse che Ahmed non era un giovanotto. Anzi. Aveva i capelli screziati di bianco. E non era neanche marocchino. «Egitto. Sono nato lì» disse mentre preparava i due caffè.

«Bel paese. Lei è del Cairo, Ahmed?».

«No. Sono di Alessandria. Ma a casa non ci vado da 15 anni».

Niente moglie ad aspettarlo, niente tramonto africano, niente tè con la menta. Il caffè era veramente buono, e neanche le foto della AS Lazio riuscirono a farglielo andare di traverso. Posò la tazzina. Gettò uno sguardo circolare al bar. «Ma è vera 'sta cosa che Roger Moore pizzichi un po' qui e un po' lì?».

Fernanda rise: «Roger ha fatto tre figli con l'attrice Luisa Mattioli. Ecco la verità!».

Rocco Schiavone uscì in strada e due petardi scoppiarono lì vicino. Neanche si girò, proseguì verso la macchina. Furio era già dentro che lo aspettava.

«Hai fatto un giro? Qualcosa d'interessante?».

«Abbastanza. Primo, la signora non vive sola. In un bagno c'è il rasoio, tre spazzolini, e il Prep».

«Ottimo. Cos'altro hai scoperto?».

«Che il suo convivente lì ci tiene solo due paia di pantaloni e tre magliette e un tappetino da preghiera».

«Aspettami qui» Rocco scese dalla macchina.

Fernanda parlottava con Ahmed. Appena il vicequestore mise piede nel Bar Forza Lazio, i due si girarono sgranando gli occhi.

«Fernanda? Da quanto tempo ti vedevi con Iatta?».

La donna diventò rossa. Poi viola. «Ma che dici?».

«Lei, Ahmed, lo sapeva?».

L'egiziano abbassò lo sguardo.

«Solo per i tuoi occhi Fernanda...» e indicò un manifesto dove Roger puntava la canna della pistola fra le gambe di Carole Bouquet. Fernanda guardò il manifesto. Poi guardò il vicequestore. «Mario era un rompicoglioni. Siamo stati a letto una volta sola, nel '92, poco prima che mio marito... insomma, se lo bevessero. E da allora m'ha dato il tormento».

Rocco senza perdere tempo lanciò il suo portafogli ad Ahmed. Che lo acchiappò al volo.

Con la sinistra.

«Mi sa che mi dovete seguire in questura».

«E perché? Noi che c'entriamo?».

Ma Rocco aveva già preso il cellulare in mano. «Ce lo spiegate tranquilli. Abbiamo tutto il giorno».

«Oggi è Capodanno» disse Ahmed.

«E sticazzi. Ridammi il portafogli, va...».

Al commissariato Colombo c'erano quattro uomini che aspettavano il vicequestore Schiavone. Erano nell'ordine Claudio Armenia, Giggi Cappella, Daniele Turrini e Faruk Mohamed Assah.

«Chi sono?» chiese a Elena, l'agente biondina del terzo piano.

«I proprietari dei chioschi del mercato. Gli unici che ieri erano aperti. Ah, guardi che l'ha chiamata il magistrato. Io non gli ho detto che lei ha già fermato i colpevoli».

«Hai fatto bene. Anche perché non lo so se sono i colpevoli. Qualcosa ancora non quadra, Elena».

«Il movente?».

«No, quello c'è. Gelosia. Solo che... perché ammazzarlo in un mercato? E non a casa sua?».

«Vero» rispose Elena.

«Fa una cosa. Intanto manda un paio di ispettori da Fernanda e Ahmed... generalità e cazzate simili».

«Ricevuto. E se chiedono un avvocato?».

«Temporeggia, Elena. Ma che te devo di' tutto?».

Elena annuì arrossendo.

«Che ci devo fare con questi quattro?».

«Non lo so, dottore. Interrogarli?».

Che begli occhi che aveva Elena. Neri e profondi. E i capelli biondi anche se tinti le incorniciavano alla perfezione l'ovale del viso. Il vicequestore buttò un'occhiata ai quattro ortolani. «Mandami solo quello scuro di carnagione. Gli altri lasciali andare a lavorare».

Faruk parlava un romano insentibile. Peggio di Celentano che recitava in *Rugantino*.

«Vede viceguesto'? Io sso di Egitto. E quando che ho saputo del poverrello morto mi sono tanto dispiaciutto. Comm'è statto?».

«A che ora avete chiuso ieri?».

«Quatro e meza».

«E non l'ha visto il ragioniere?».

«No... non g'era angora. Mmo che penzo, solo l'antro vecchietto stava lì... Alfredo... aspetava no? Che noi faciamo la chiusura per poi ana' a vede' si ce stano un po' de cose pe lui».

«Ma perché non viene da voi a chiedere qualcosa invece di aspettare la chiusura?».

«Poveracio. Segundo me pecché se vergonia. Ognuno ci ha una dignità, no?».

«Che ha un fratello che fa il barista alla Bufalotta?».

Faruk sorrise. «Io de frateli ne ho dieci... tutti a Egitto. Beati loro».

«Vada Faruk, vada. Mi stia bene e buon anno».

«Per noi Capodanno è stato il diciotto di dicembre... Muharram... è il nostro Capodanno... però buon anno dotto'!».

Uscì dal suo ufficio. Gironzolò senza meta. Alla macchinetta prese un caffè che sapeva di ferro. Poi tirò un respiro. «Mi sto rincoglionendo, perché non pensi

Schiavone? Pensa! La busta del ferramenta! Cretino!» e puntò dritto verso la stanza numero 7. Entrò senza bussare. Fernanda e Ahmed lo guardarono. Gli occhi della donna erano sperduti, spaventati. Quelli di Ahmed pieni di acqua. Elena si voltò.

«Elena, vieni con me».

«Ma sto finendo...».

Rocco scosse il capo. «Lascia andare i signori. E scusatemi, a volte l'apparenza ci frega».

Fernanda si alzò. Recuperò la sua dignità. Prese la borsa e fece un gesto verso Ahmed. «Andiamo» gli ordinò, poi passò davanti a Rocco che le disse: «Le mie scuse più sincere. Ora vi faccio accompagnare con la macchina».

Fernanda si voltò. «La sai la cosa che fa ridere?» disse. «Vent'anni con Luzzi e al commissariato al massimo ci andavo per il passaporto. È la prima volta che ci finisco per una cosa che non ho fatto. Dovevo prova' pure questa».

«Ti ho detto che mi dispiace».

«Invece stai tranquillo. Ho solo capito che gran culo che ho avuto nella vita. Statevi bene e buon anno».

Ahmed sfilò davanti al poliziotto e seguì la donna nel corridoio.

«L'egiziano era mancino» si giustificò Rocco con Elena, che annuì convinta. «Elena, vieni con me!» girò i tacchi e la donna dietro di lui.

Il vicequestore aveva ordinato a Elena di non superare i 90 chilometri orari. E niente sirena.

«La sa una cosa? Mi è piaciuto quando ha chiesto scusa. Insomma, mica è facile farlo, no? Uno si sbaglia...».

Rocco fumava e guardava fuori dal finestrino.

«Capita» continuò l'agente Elena Dobbrilla.

«Capita troppo spesso, cara Elena. Almeno a me. Mario Iatta. La sua vita è precipitata quando hanno arrestato Luzzi. E da lì è diventato povero in canna. E innamorato della bella Fernanda... ma a parte questo e fare il ragioniere per un gruppo di figli di buonadonna, altre colpe non ne aveva».

«E allora? Perché l'hanno ammazzato?».

«Non sono stati loro, Elena. Gira che siamo arrivati».

La macchina svoltò lasciando la grande arteria per entrare in via Garibaldi.

C'era il sole e il mercato era ancora aperto. Rocco Schiavone s'era seduto sulla panchina dietro l'angolo, da dove si scorgeva appena la tenda a strisce con su scritto «Faruk frutta fresca». Guardò in basso. Sotto la panchina c'era una bustina di plastica. La prese. C'era scritto «Ferramenta Fabio Vicini e figli, viale Garibaldi». Diede un'occhiata al contenuto. Sorrise appena.

Poi vide arrivare a passo lento un fagotto che man mano che si avvicinava assumeva sempre più le fattezze di Alfredo Bissolati. L'uomo arrivò alla panchina e si sedette. Guardò il vicequestore.

«Salve» disse Rocco.

«Salve» rispose il vecchio.

«Bella giornata oggi, eh?».

«Insomma, freddino. Ieri era meglio».

«Non si ricorda di me?».

Alfredo guardò il vicequestore. Gli occhi vacui e la bocca semiaperta. «No... siamo amici?».

Rocco annuì. «Così così. Fra poco il mercato chiude» fece il vicequestore.

«Lo so, sto qui apposta. Solo che devo essere veloce».

«Perché?».

«Vede? Io prendo la frutta che la gente e i negozianti buttano. E mi devo sbrigare».

«Com'è che si deve sbrigare?».

«Perché mica ci sono solo io. No no. L'hanno scoperto anche Carlo e il ragioniere Iatta. E se arrivano prima di me mi prendono le cose migliori».

Rocco indicò la bustina di plastica che teneva in grembo.

«Cos'è?».

«Sono già passato io. Guardi cos'ho trovato?» e il vicequestore tirò fuori due cavoli perfetti, una mela, una banana e un tarocco siciliano. Alfredo ammirò il bottino e fischiò. «Due cavoli una banana e un'arancia! M'ha fregato!».

«E guardi pure che c'era dentro?»: uno scotch, una lampadina e uno scontrino della ferramenta. Datato 30 dicembre 2008. Ore 16.00.

«Ha trovato questa roba al mercato?».

«No. Questa bustina l'ho trovata qui, sotto la panchina. Solo che mancano i chiodi, il metro da carpentiere e un martello».

Il vecchio lo guardava stupito.

«Perché mancano?».

Per tutta risposta Rocco allungò la busta verso Alfredo: «È sua, mi sa...».

«.... mia?» il vecchio non capiva.

«Me l'ha portata il ragioniere. È roba che Iatta ha trovato ieri sera al mercato e mi ha detto che era per lei».

«Quel fijodenamignotta me fa un regalo? A me? Impossibile. Se l'altro ieri ci siamo appiccicati... non ci credo. Lei me sta a frega'!».

«Soldato Alfredo Bissolati, fronte del Don...».

Il vecchio sorrise. «Inverno 1943... me ricordo benissimo...».

«Ma non si ricorda di me».

Il vecchio fece no con la testa. «Tenga» gli passò la bustina. Che Alfredo prese con la sinistra. Schiavone si intristì. «Lei è mancino, Alfredo...».

«Da sempre. Pensi che a scuola ci hanno provato a farmi scrivere con la destra. Mi legavano il braccio al banco, ma io niente! Dio m'ha fatto mancino, e io mancino resto!».

«Lei non sa quanto io avrei sperato non lo fosse».

«Non ho capito».

«Era meglio se non lo era. Ci viene con me?».

«Dove andiamo?».

«Le offro un pranzo e un bel caffè!».

«Magari! E andiamo. Aspetti! E la busta?».

«La porti. È un regalo».

Sorridente, il vecchio si alzò. «Allora non c'è bisogno che vado al mercato. Due cavoli e una banana. Non mangio una banana da... boh, non lo so neanche io più da quanto tempo. Lo sa? Ma perché m'ha fatto 'sto regalo?».

«Non gliel'ho fatto io. Gliel'ha fatto il ragioniere».

«Figuriamoci. Quel fijodenamignotta».

Si incamminarono lenti verso l'auto della polizia. Elena aprì lo sportello. Alfredo si accomodò nel sedile di dietro.

«Metto la sirena, dottore?».

«No. E vai piano. Non superare i 90».

La macchina partì e lasciò via Garibaldi.

BUM! STRAFAKAN! BUM! SDRANGHETETARATARATÀ! Mezzanotte era appena passata e tutti sul terrazzo di Sebastiano bevevano, cantavano, si facevano gli auguri e roteavano le stellette. Il cielo di Roma scoppiettava e Rocco Schiavone se ne stava lì, con un sorriso ebete in faccia a guardare gli occhi di Elena che aveva accettato l'invito. Lo stereo mandava *I will survive* di Gloria Gaynor. Stampella Sebastiano Furio Adele stavano ballando un discutibile sirtaki.

«Buon anno, Rocco».

«Buon anno, Elena. Sono contento che sei venuta!».

All'improvviso nel cielo una cascata di magnesio e manganese impallidì l'aria. E Rocco pensò ad Alfredo. Che aveva dimenticato tutto della sua vita. Anche un gesto efferato e inutile contro un nemico inesistente. 84 anni e omicidio intenzionale. Alfredo probabilmente non si sarebbe fatto neanche un giorno di galera. Se non prendeva l'infermità mentale sarebbe stato nuovamente condannato alla lotta per una zucchina e a mangiare la pappa dei cani. Se non altro le mense statali, per quanto schifose, questo problema gliel'avrebbero risolto.

«Buon anno, Rocco» urlarono Sebastiano e Furio.

«A chi c'è e a chi non c'è più!» gridò Rocco Schiavone alzando il bicchiere con il Pommery.

Le ferie di agosto

«Che fai a Ferragosto?».

Era la quarta volta che glielo chiedeva in meno di un'ora. E per la quarta volta Luca rispose: «Torno a casa». Che significava: sto due giorni coi miei a Como poi finalmente prendo Barbara e me ne vado in vacanza due settimane ad Is Arutas in Sardegna, e mi dimentico gli assegni, i giroconto, le telefonate per gli scoperti, la puzza di aria condizionata e gomma che c'è in questa agenzia del cazzo mista a quella dei vostri profumi da supermercato squallidi e cenciosi come voi.

«Passi Ferragosto coi tuoi?» insisteva Luisella.

«Sì» disse Luca e poi bofonchiò «mi pare evidente».

Poi Luisella si azzittì. Le era toccata la signora Bedetti. Settanta e passa anni di pignoleria condensati in un corpo piccolo e insignificante. E invece aveva tre conti con un ammontare di quasi tre milioni di euro. Era una cliente speciale per l'agenzia numero 14 di piazzale Anco Marzio, Ostia, frazione di Roma, e andava trattata coi guanti di velluto, pure se era estate. Per fortuna quella mattina del 12 agosto era toccata a Luisella. «Salve» disse la cliente. «Restituisco il libretto degli assegni. E mentre aspetto il direttore mi può stampare l'estratto conto?» berciò con la sua vocetta esile e cattiva. «Sia del 5000/13 che del 5263/13 e pure del 5894/13. Mi servono tutti e tre. Grazie».

Davanti alla cassa di Luca invece si presentò Graziano, il meccanico. Luca lo amava. Lo faceva sempre ridere e gli piacevano quelle mani enormi e sporche di grasso con le quali consegnava soldi e depositava assegni. Quelle mani avevano scritto «lavoro» su ogni piega, su ogni unghia e centimetro di pelle. Lavoro, quello vero. Che ti fa sudare, che ti fa venire i calli e le vesciche. Non come il suo. La banca. Numeri e cifre di soldi che non esistono, investimenti su lavori che non esistono, su società che non esistono. Battere al computer, timbrare i libretti degli assegni, emettere un circolare, depositare, cambiare, consegnare denaro e prenderlo, contarlo. Che razza di lavoro era?

«A Luca, ma quando annamo in vacanza?» disse Graziano.

«Dopodomani se Dio vuole!» rispose sorridendo il cassiere.

«Senti un po'! Mi guardi se m'è arrivato un bonifico?».

«Quando doveva arrivare?».

«Ieri o l'altro ieri».

Controllò la schermata. Non c'era traccia di bonifico. «Chi te lo doveva fare?».

«Pierpaolo Castroni» rispose il meccanico grattandosi la barba lunga. Altra cosa che Luca non poteva permettersi. Quella di non radersi. Ci provò una volta, e il direttore gli fece una nota. Niente da fare, in banca capelli corti e barba tagliata. Peggio che al militare. Luca odiava il direttore, Turrini. Un pezzo di merda arrivista che pensava solo alla carriera. Lavorava come tre giapponesi e aspirava alla filiale centrale. E Luca gliel'augurava con tutto il cuore, se non altro si sarebbe levato di torno.

«Mi dispiace, Graziano. Niente da fare».

«'Sto fijo de 'na mignotta» disse a bassa voce Graziano «seimila euro de riparazione e pezzi per la BMW e ancora non paga».

«Magari se ti fai dare il cro posso controllare».

«Ma quale cro e cro... quello non paga. E non pagherà mai. Capirai, fra tre giorni è Ferragosto, e pure venerdì, bene che va io i soldi li vedo a fine mese». Poggiò la mano enorme sul piano della cassa. «Lo sai che ti dico, Luca? Meglio un lavoro come il tuo. Mensile assicurato, ferie e malattie pagate. Mica come me, sempre in mezzo a una strada. Ma se rinasco giuro sulla testa di mamma bonanima che nun me fermo alla seconda media!» e guardò alla sua destra, dove la signora Bedetti stava firmando delle carte. «Dico bene, signo'?».

La Bedetti si voltò con la bocca che sembrava avesse appena morso un limone e fece sì con la testa tre volte. Poi riprese a firmare. Graziano si infilò la mano in tasca: «Tieni, incassamelo per piacere» e allungò un assegno a Luca. Poca roba, trecento euro.

Luca prese il modulo. Alzò la testa per sorridere a Graziano. Alle spalle dell'omone c'era il vetro dell'uscita di emergenza che dava sulla strada. Assolata, calda, con la gente in shorts e ciabatte che andava su e giù. Un deficiente stava cercando di parcheggiare sul marciapiede una Fiat Multipla blu. «Comunque ringraziamo il Signore che un lavoro l'abbiamo, no?» disse Luca.

«Questo è vero» rispose Graziano. «Pensa a tutti quei poveracci che non arrivano manco a fine mese».

In strada la grossa familiare era salita con le ruote anteriori sul marciapiede. Ma sembrava che la cosa non gli bastasse. «Ma guarda un po'? Ma dove vuole parcheggiare quello lì?» disse Luca.

Graziano si girò. E proprio in quel momento anche le ruote posteriori della Multipla montarono sul marciapiede. Poi all'improvviso l'auto, che sembrava un grosso insetto famelico che aveva individuato la preda, accelerò e puntò dritto verso la vetrina della Cassa di Risparmio. Il muso sfondò la porta a vetri e la macchina balzò prepotente dentro la banca in una pioggia di vetri. Ruggendo travolse Graziano e cozzò contro il banco di legno della cassa. Luca sentì una botta secca allo sterno e cadde all'indietro. Si ritrovò per terra schiena sul pavimento. In bocca qualcosa di caldo. Bava? Sangue? La testa cominciò a girargli. Vedeva il neon acceso fare girotondo sul soffitto, s'era trasformato in un ventilatore, ma i ventilatori la banca mica li aveva. C'era l'aria condizionata, no? Sentiva passi, rumore di scarpe, ancora grida. Poi chiuse gli occhi.

L'aria condizionata aveva trasformato la stanza del vicequestore Rocco Schiavone in un frigo per alimenti surgelati. Le finestre serrate tenevano fuori il caldo opprimente e il rumore della città. Si percepiva l'odore dolciastro della canna che il poliziotto aveva appena spento nel piccolo portacenere d'argento misto a quello amaro del dopobarba che Rocco centellinava. Era stato l'ultimo regalo di sua moglie. Più di quattro anni fa ormai. Concentrato Schiavone osservava la lettera sulla scrivania. «All'attenzione del vicequestore Schiavone Rocco, presso il commissariato Cristoforo Colombo, EUR. S.p.m.». La prese. Poi tirò un respiro e con uno strappo preciso la aprì.

Un solo foglio. Scritto al computer. Poche righe.

Caro Dottor Schiavone

Chi le scrive è uno riconosciente. Mi sa che le informazioni che tengo sono robba mica tanto felice per lei. Di fatti un collega mi a detto che le cose per lei mica si stanno mettendo bene. Stanno a decidere bene dove la trasferiscono. Sicuro a Roma non ci rimane dottore. Però questo mio collega mi a pure detto che in Sardegna no. E manco in calabbria. Però la destinazione definitiva ancora non esce fuori. Sarà mia cura di dirgliela al più presto. Non appena la so. Un suo amico.

Come al solito non era firmata, ma sarebbe stato inutile. La prosa inconfondibile era meglio di un autografo. L'aveva scritta Gegè Mosciarelli. Che lui aveva fatto trasferire dall'entroterra molisano a Roma dove «teneva la fidanzata». Era davvero uno «riconosciente» perché da quando era a Roma di fidanzate ne aveva trovate altre tre. Gegè Mosciarelli lavorava alla questura centrale e da mesi si dava da fare per carpire informazioni sul destino di Rocco Schiavone. Questa era la terza lettera che gli scriveva. Faceva sorridere il fatto che scrivesse in anonimato, ma Rocco non voleva rovinargli questa atmosfera da romanzo di Le Carré. Gegè faceva del suo meglio e si sentiva un po' una spia oltrecortina inseguita dalla STASI. Solo che informazioni ne dava poche. Eliminare dalla lista entroterra sardo e Aspromonte era comunque un passo avanti. Ma dove l'avrebbero mandato? Questa era la domanda che restava inevasa come le pratiche nel suo ufficio. I suoi vecchi colleghi stavano abbottonati, molti gli avevano anche tolto il saluto. Solo un primo dirigente al Viminale, Gerardo Mastrodomenico, in un afflato di simpatia gli aveva spifferato una volta: «Caro Schiavone, ringrazi Iddio che non la cacciano dal corpo di polizia. Fosse per me lei a quest'ora dovrebbe stare in galera». Mentre Rocco bruciava la lettera anonima di Gegè Msciarelli nel portacenere, il telefono squillò. Era la prima telefonata di quel 12 agosto. Era proprio Gerardo Mastrodomenico: «Uè Schiavone, sono Mastrodomenico».

«Felice di sentirla».

«Le tocca uscire dal suo ufficio con l'aria condizionata e andare al mare».

«Odio il mare».

«Fa bene, c'è lo iodio» e si mise a ridere. Era una sua prerogativa. Il primo dirigente del Viminale rideva da solo alle battute che faceva. Se uno voleva fare carriera bastava stargli accanto e sganasciarsi dalle risate per ogni cazzata che quello sparava a squarciagola.

«Senta, Mastrodomenico...».

«Per lei dottore, Schiavone. Mica andiamo a pranzo insieme».

Rocco chiuse gli occhi, e stritolò la cornetta: «Dottore. Che cosa dovrei andare a fare al mare?».

«Per la precisione a piazzale Anco Marzio. Rapina in banca. Si dia da fare».

«C'è un bel commissariato a Ostia o l'avete chiuso?».

«Non mi fa ridere».

«Non era una battuta!».

«Ho solo un viceispettore laggiù, e questa cosa non la può affrontare».

«Io invece sì?».

«Lei invece sì».

«Mi faccia capire. Sono un pezzo di merda che dovrebbe finire in galera però ora sono l'unico in tutta la città a poter affrontare la cosa?».

Anche Mastrodomenico tirò un respiro profondo. E probabilmente anche lui stava strizzando la cornetta del telefono. «Schiavone, perché glielo devo ricordare? Lei sta appeso a un filo. È questione di giorni e la sua nuova destinazione le arriverà fra capo e collo. È un attimo, sa? Magari hanno deciso una bella città come Firenze oppure Venezia. Invece lei fa girare i coglioni a un primo dirigente e per magia diventa, che so? Petrizzi?».

«Cos'è Petrizzi?».

«Un paese dell'entroterra calabrese».

«E c'è un commissariato?».

«Lo facciamo costruire apposta per lei». E rise. Da solo. «Oppure preferisce Bucchianico?».

«Questa mi manca».

«Male. È dove sono nato io».

«Sicuro che allora ci sarà una targa commemorativa, dottore».

«Quando imparerà a mettersi l'ironia in quel posto?».

«Impossibile, il locale è già pieno».

«Vada a Ostia a fare il suo dovere. Ricevuto?».

«Forte e chiaro. Mi saluti Bucchianico».

«Vada a fare in culo».

Si alzò dalla sedia e si avventurò fuori dalla sua stanza, l'unica del commissariato ad avere l'aria condizionata. Appena aprì la porta gli arrivò un ceffone bollente in faccia. Il corridoio era peggio di un forno per le pizze. Vuoto e deserto, il 12 agosto il personale era ridotto all'osso. Rocco si piazzò a gambe divaricate e urlò: «C'è nessuno in questo commissariato o lavoro solo io?». Subito da una porta sbucò Elena Dobbrilla: «Dica, dottore!».

«Forza, dobbiamo andare a Ostia».

«C'è pure l'agente Parrillo».

«Per carità! No, vieni tu».

Elena annuì e rientrò velocemente nella stanza per prepararsi mentre Rocco slacciandosi la cravatta si incamminò verso l'uscita. «Sbrigati Elena e niente costume, non andiamo a prendere il sole!».

«Chissà perché ma me l'aspettavo» urlò allegra l'agente Elena Dobbrilla dalla sua stanza.

All'esterno Roma dava il meglio di sé. Il sole incocciava e vetri e cromature delle auto rimandavano i raggi accecando gli occhi. Vapore si alzava dall'asfalto bollente, gli alberelli secchi non muovevano una foglia e il sudore era un adesivo che si attaccava ai vestiti. In cielo non c'era una nuvola e neanche un alito di vento. Elena e Rocco salirono sull'Audi.

«Metti l'aria condizionata al massimo, Elena».

Si immisero subito sulla Cristoforo Colombo puntando verso Ostia. Alle dieci e mezza il traffico era lento e sonnacchioso. Ma si sa, quella è l'ora antelucana in cui i romani decidono di andare a farsi una giornata di mare.

«Datti da fare Elena, io file non ne voglio fare» disse Rocco accendendosi una Camel.

«Metto la sirena?».

«No. Io odio la sirena. Fammi vedere che hai imparato al corso. Hai dieci punti. Se non fai errori e arriviamo a Ostia con almeno sette punti ti pago il pranzo».

Elena guardò Rocco con aria di sfida, sgasò e l'Audi schizzò sulla Colombo.

Dopo una gimcana di 15 chilometri dove Elena si divertì come una ragazzina al lunapark, l'Audi si fermò proprio davanti all'agenzia 12 di Ostia della Cassa di Risparmio di Trieste e Trento.

Prima di scendere Rocco guardò serio Elena: «Guidi mica male. A parte a Casalpalocco. Hai messo la sirena, quindi hai perso punti».

«Se non mettevo la sirena ci sfasciavamo contro il camion».

«Hai perso punti lo stesso».

«Quanti?» chiese Elena.

«Tre. Quindi sei a sette. Hai il pranzo pagato». E Rocco smontò dalla macchina accompagnato dal bel sorriso della giovane agente.

La piazza della banca era nella parte più antica di Ostia. Quella dove qualche villino liberty aveva retto l'attacco dei geometri del dopoguerra. Che però avevano vinto la battaglia già due strade più indietro, trasformando un vecchio posto di villeggiatura in un orrendo quartiere dormitorio di periferia. Lì dentro, fra i sette piani delle costruzioni, i negozi e le macchine parcheggiate, l'aria di mare spariva come acqua sulla sabbia.

Il caldo era opprimente ma per fortuna il lato del marciapiede della banca era all'ombra. Se la cosa aiutava da un punto di vista climatico, non lo faceva dal punto di vista dell'ordine pubblico. Incoraggiate dalla frescura dell'ombra, decine di persone si ammucchiavano curiose tutt'intorno al nastro messo dai poliziotti. Altri stavano affacciati alle finestre o fuori dai negozi. Qualcuno in costume da bagno, chi trascinando il figlio carico di palette e secchielli, chi col cane, erano tutti accorsi come falene davanti a un falò. Un uomo pelato sui 35 anni trotterellò incontro a Rocco. «Schiavone? Sono Astolfi, commissariato Ostia».

«A te devo l'onore?» chiese Rocco. Astolfi rimase in silenzio con la faccia a punto interrogativo. «Dico, a te devo l'onore di questa rottura di coglioni?».

«Mi deve scusare... ma qui la cosa è grossa. Ho chiesto io la sua presenza perché...».

Rocco lo fermò con un gesto della mano: «Astolfi, il fatto che ti debba fare Ferragosto in ufficio non ti dà il diritto di rompere le palle a un tuo collega».

«Ma lo sa che Ostia l'estate triplica gli abitanti?».

«E tu lo sai quanto me ne può fregare? Vabbè, andiamo a vedere che abbiamo».

Attraversarono la zona delimitata dalla polizia. La Multipla blu era ancora dentro la banca. «Poi dice che a Roma non si trovano i parcheggi» fece Rocco e seguito dal viceispettore entrò. Girarono intorno al portellone posteriore che per l'urto si era spalancato. L'auto aveva sfondato il bancone delle casse. Fogli e vetri sparsi dappertutto.

Seduto su una sedia c'era un uomo pallido coi baffi e la camicia slacciata. Accanto a lui un infermiere del 118.

«Al momento c'erano due clienti. Ora sono ricoverati. Graziano Cerveglioni, meccanico, ha il bacino fratturato, l'altra, la signora Bedetti, invece...».

«Andata?».

«No. Coma. Vigile, pare».

Rocco si affacciò all'interno della Multipla. Sul sedile c'erano pezzi di cristallo sbriciolato. I fili dell'accensione spuntavano da sotto il cruscotto coi loro colori sgargianti. Rocco li osservò. Ce n'era uno blu, uno rosso, uno bianco e uno nero attaccato a un altro filo che spuntava dallo stereo. «I cassieri?» chiese.

«Anche loro ricoverati. Luisella Comiso setto nasale rotto, invece Luca Sparta è svenuto. Sterno e clavicole».

«Insomma ha fatto uno strike». Rocco mollò i fili elettrici strappati. «Dov'è il direttore?».

«È quello lì» disse il viceispettore indicando l'uomo pallido seduto sulla sedia con accanto l'infermiere che pompava lo sfigmomanometro. Rocco si avvicinò. I vetri frantumati a terra scricchiolavano sotto le scarpe del vicequestore. «Salve. Schiavone. Mobile di Roma. Ce la fa a fare due chiacchiere?».

L'uomo alzò il viso, aprì la bocca ma non uscì neanche un suono. Rimise la testa giù. Schiavone guardò l'infermiere: «Come sta?».

«Pressione alta. Sotto shock. Io lo porto all'ospedale».

Rocco annuì. Si allontanò dal direttore e tornò da Astolfi: «Chi altri c'era in banca?».

«C'era un altro impiegato negli uffici dietro e la guardia giurata».

«Ci posso parlare o sono svenuti pure loro?».

«No, stanno di là. Ci può parlare».

Rocco fece un cenno a Elena che si avvicinò: «Senti Elena, una cosa importante».

«Mi dica».

«Ho finito le sigarette».

«Ricevuto. Camel?».

Rocco annuì: «Poi vedi di informarti di un ristorante decente in zona. Sul mare».

Elena uscì dalla banca, Rocco attraversò il corridoio. Astolfi lo seguì. «Tu stai di là».

«A fare che?».

«Arrivano i giornalisti, no? Parlaci te».

«E che gli dico?».
Ma Rocco tirò dritto.

L'impiegato aveva passato la trentina e aveva la faccia sveglia e riposata. Bene, si disse Rocco, qualcuno con cui parlare. Perché, a guardare la guardia giurata ridotta peggio di uno straccio per pavimenti, c'era poco da sperare. «Lei è?».

«Diego Malara» rispose l'impiegato. «È successo tutto in un attimo. Io ero di là con le pratiche, ho sentito un botto della miseria e pensavo che fosse scoppiato un tubo. Che ne so? Puoi mica andare a pensare che t'hanno parcheggiato una Multipla in ufficio?».

«No, non lo puoi pensare. E mi sa dire chi ha combinato 'sto macello?».

«No. Non lo so. So solo che le casse erano aperte. Ancora non glielo so dire, ma a occhio e croce manca qualche migliaio di euro. Sono io quello che controlla l'apertura della cassaforte e alle casse avevo dato dodicimila euro in grosso e piccolo taglio. Ora ce n'è sì e no duemila».

La guardia giurata si alzò in piedi. Barcollava. Aveva una pancia a cocomero e saliva ai lati della bocca.

«Lei?».

«Io?».

«Sì, lei» insisté Rocco Schiavone.

«Io non ci ho capito un cazzo. Ho visto la macchina entrare».

«Sì, ma chi c'era in macchina l'ha visto?».

«Uno».

Rocco cominciò a spazientirsi. «Uno. Bene. L'ha visto in faccia?».

«No. Ce l'aveva nera».

«Vuol dire che era un nero?».

«No, che era nera. Forse aveva una calza, un passamontagna, e che ne so?».

«Lei è la guardia giurata?».

«Sì».

«E non le è venuto in mente di fare qualcosa? Tipo prendere quella cosa che ha nel fodero e bloccare il tipo?».

«Per mille e cinque al mese?» rispose accarezzandosi l'addome.

Rocco scosse la testa. «Almeno l'avete una telecamera a circuito chiuso dentro la banca?».

Fu l'impiegato a rispondere: «Sì, ma le chiavi ce l'ha il direttore».

«Però...» intervenne la guardia giurata. «È guasta. Lo so perché sono due giorni che ho chiamato i tecnici e ancora non sono venuti a ripararla».

Rocco alzò gli occhi al cielo. «Almeno per millecinquecento al mese ha visto quello che è successo?».

La guardia si concentrò. «Sì. È entrata 'sta macchina, no? E da lì è sceso uno con la faccia nera. Che ha fatto questo?».

«Che ha fatto?» chiese Rocco con il filo della pazienza rosicchiato dal tarlo dell'odio e ridotto ormai a meno di un millimetro.

«È sceso, ha dato 'na capocciata secca a Luisella sul setto nasale, no?».

«No che? Gliel'ha data o no?».

«Certo che gliel'ha data, no? Poi che ha fatto 'sto scemo? Ha acchiappato quello che poteva acchiappare, poi è zompato nell'altra cassa, tanto Luca stava sdraiato per terra, no? E pure lì ha acchiappato quello che poteva, no? E poi s'è dato».

«Fine?».

«Fine».

Rocco guardò Diego Malara che allargando le braccia sembrava voler dire: «Che le devo dire? Questo ci danno e questo ci teniamo».

«Astolfi, fai una cosa. Rintraccia un po' il proprietario di questa Multipla».

«Già fatto, dottore» rispose il viceispettore. «Mario Mazzarotto. E qui c'è l'indirizzo». E consegnò un biglietto a Rocco. Che sorrise. «Bel lavoro, ottimo, grazie. Tutti i poveracci che 'sta Multipla ha buttato giù? Dove sono?».

«Al Grassi. L'ospedale sta qui vicino. Ce la porto?».

«Resta qui. Me ne occupo io. Buone vacanze, Astolfi».

«L'ho già fatte a luglio. Fino a Natale...».

Rocco annuì: «Buon Natale allora».

Poi uscì dalla banca seguito dall'agente Elena Dobbrilla. «Dove andiamo?».

«Che or'è?».

«Quasi mezzogiorno».

«Tu hai trovato un ristorante decente?».

«Così mi dicono, sta verso la rotonda. Si chiama Poisson de mer».

«Poisson de mer a Ostia?» fece scettico Rocco. «Vabbè, prima andiamo da Mario».

L'agente Dobbrilla annuì. «Che sarebbe?».

«Il proprietario dell'auto. Poi il ristorante». Appena attraversarono il marciapiede per salire sull'auto, Rocco si ricordò dell'insana promessa che aveva fatto a Sebastiano e Furio. Di passare il Ferragosto insieme al Circeo. Ma come m'è venuto in mente, si disse aprendo la portiera dell'Audi. Al Circeo poi. Quel monte che si tuffa nel mare, pieno di lecci, ginepri fenici e pezzi della sua vita di prima che ora non c'era più. Doveva disdire assolutamente.

La casa di Mario Mazzarotto era vicino all'idroscalo, dove il 2 novembre del 1975 s'era fermata la vita di Pier Paolo Pasolini. Allora era un luogo abbandonato, pieno di sterpaglie e baracche. Adesso era un luogo abbandonato pieno di cemento e casermoni. Sul citofono del civico 32 una quarantina di cognomi.

«Sì?».

«Signor Mazzarotto?».

«Chi è?».

«Polizia» disse Rocco. E il citofono gracchiò. Poi un buzz e il portone di ferro battuto e vetro si aprì. «Che piano?» urlò Rocco.

«Sesto. Però l'ascensore è rotto».

Rocco grugnì e buttò via la sigaretta.

La salita fu faticosa. Ogni piano aveva sei appartamenti. L'odore era quello del cavolo bollito. Verdura invernale, ma che evidentemente aveva inesorabilmente impregnato l'intonaco del condominio. Sui muri delle scale c'erano graffiti e scritte fatte con le bombolette: «Er secco was here», «lazziale devi mori'» poi una sul muro al terzo piano che fece vomitare dalle risate l'agente Dobbrilla. In realtà era un dialogo. Lo si capiva dalle due diverse grafie. Il primo aveva scritto «Donne, lo sperma c'inquina» e qualcuno sotto aveva aggiunto «er cazzo tombola!».

Quando finalmente Rocco raggiunse il sesto piano cominciò a pensare seriamente all'infarto. Il cuore trottava nel petto e le 35 Camel giornaliere gli avevano massacrato il fiato. Elena Dobbrilla invece sembrava appena uscita da un massaggio corroborante. «Porca puttana, non ce la faccio più» ansimò il vicequestore.

«Forza che siamo arrivati. Deve rimettersi in forma, dottore».

Mario Mazzarotto li aspettava sull'uscio dell'interno 41. Era in canottiera e shorts hawaiani a fiori. Sui 50, barba lunga e capelli pettinati con le miccette. Non aveva la faccia preoccupata. Anzi. Sembrava aspettare due vecchi amici. «Mi dispiace per l'ascensore. È rotto da luglio».

Rocco non rispose. Un po' perché non gli venne in mente niente, sangue al cervello in quel momento ne arrivava poco, un po' perché se l'avesse fatto avrebbe cominciato l'incontro con il piede sbagliato. Elena sorrise: «Un po' di moto fa pure bene».

La casa era piccola. Spoglia. Un covo delle bierre. Pulita, ma sempre un covo sembrava. I muri nudi a parte un calendario di una ditta idraulica. In un angolo del salone c'era la cucina, vuota, solo la moka appoggiata sul fornello. Il salone era un divano a fiori posizionato proprio davanti alla televisione. Il resto dell'arredamento consisteva in una piccola libreria di vimini schiacciata in un angolo. Sopra c'era la collezione di Martyn Mistère e tre soprammobili. Due clown di vetro e una giraffetta africana. Niente tavolo dove mangiare, niente sedie. «Lei è proprietario di una Multipla blu targata...».

Intervenne l'agente Dobbrilla: «ZA 762 HM» disse leggendo un foglietto.

«La Multipla blu ce l'ho sì. La targa non me la ricordo. Ma perché?».

«Ci possiamo sedere?».

Mario annuì. Il copridivano sintetico a fiori neri e viola era bollente. «Dove dovrebbe essere l'auto?».

«Dove l'ho lasciata ieri sera. Qui sotto proprio».

«Non c'è».

«E lei che ne sa?».

«Perché poco fa qualcuno l'ha parcheggiata in una banca» disse Rocco.

Mario guardò i due poliziotti senza capire.

«Sì. È entrata nella Cassa di Risparmio di Trieste e Trento sfondando la porta a vetri che dà sulla strada».

«O madonna. Ma come...?».

«Forse gliel'hanno rubata e ci hanno appena fatto una rapina. Aveva l'allarme?».

«No. Chi vuole che rubi una Multipla del '98?».

«E invece...» fece Rocco.

«Vi posso offrire un caffè?».

Rocco accettò. Mario sorrise e andò all'angolo cottura. «Ma come l'hanno fatta la rapina?».

«Hanno sfondato il vetro, preso a capocciate un'impiegata, afferrato i soldi e scappati a piedi».

«Con la mia macchina» fece Mario riempiendo d'acqua la macchinetta.

«Già. Le posso chiedere dov'era lei stamattina?».

Mario indicò la porta del saloncino: «A letto. Mi sono svegliato da neanche una mezz'ora. Ieri sera ho fatto tardi. Per tornare in me c'è voluta una macchinetta intera di caffè!». E ammiccò a Rocco. Solo in quel momento Rocco si accorse che Mario Mazzarotto indossava le ciabatte da piscina con il fascione. Lui odiava gli uomini con le ciabatte da piscina col fascione che facevano uscire le dita davanti fin quasi a toccare il pavimento. Gli uomini in ciabatte erano una delle cause principali dell'odio che Rocco nutriva per l'estate in città. Poteva sopportare le infradito ma solo in prossimità di una piscina o in un villaggio greco vicino al mare. In città gli uomini non dovevano mostrare i piedi. Perché i piedi degli uomini lo facevano vomitare. E gli venne subito voglia di pestarglieli quei piedoni sgraziati a Mario Mazzarotto. E vedere se poi se ne sarebbe andato in camera da letto a mettersi dei mocassini o dei sandali di cuoio.

«Lei che lavoro fa?».

«Vendo la roba su eBay. Cioè metto gli annunci per

la gente che vuole vendere le cose e mi prendo una percentuale».

«Comodo. E ci guadagna?».

«Così così. Prima vendevo i Folletto porta a porta. Ma la mia agenzia ha chiuso».

«Mi fa vedere le chiavi?».

«Della macchina?».

«Bravo».

Mario andò all'attaccapanni vicino alla porta di casa e cominciò a cercare nella giacca di cotone. Non le trovava. «Che strano, eppure... ah, sì, in camera da letto mi sa». E sparì dietro la porta. Elena guardò Rocco. Che rispose alla sua domanda silenziosa: «Curiosità. Invece, Elena, ma non ti pare una cosa allucinante? Siamo a 100 metri dalla spiaggia e non si sente manco l'aria del mare?».

«Già...» fece Elena.

«Ma devo fare la denuncia adesso?» fece Mario rientrando in salone con un mazzo di chiavi in mano. Le consegnò a Rocco che le prese e le guardò. C'era il logo della Fiat, e il portachiavi con il nome dell'autosalone dove l'auto era stata acquistata. «L'aveva presa nuova o di seconda mano?».

«Di seconda mano. Anni fa. L'avevo pagata sui seimila euro. Aveva solo 70 mila chilometri».

Sembrava un dialogo fra un venditore e un acquirente.

«Grazie. Noi ce ne andiamo. Aveva intenzione di partire?».

«Volevo andare a fare Ferragosto a Santa Marinella».

«Resti a disposizione, signor Mazzarotto. Non sparisca. E non mi faccia fare troppi sforzi per venirla a cercare dovessi avere bisogno di lei».

Lo disse serio e finalmente il sorriso sparì dal viso di Mario. «Il caffè non lo prende?» chiese il padrone di casa.

«Non mi va più. Buona giornata» e detto questo uscì di casa seguito da Elena.

«Perché l'ha odiato?».

«Non l'ho odiato, Elena. Mai essere gentili se si va in giro a cercare uno che ha appena fatto una rapina».

«Ma lui che c'entra poveraccio? Gli hanno solo rubato la macchina».

«Mo' ce ne andiamo al ristorante a mangiare. Ricordi? Ti devo un pranzo».

«Ottimo. E poi?».

«Ospedale. Divertente, no?».

Elena ingranò la marcia e fece un sorrisetto. «Però il caffè lo poteva prendere. È stato gentile, no?».

«No. Non era gentile. Faceva il gentile. Ed è tutto un altro paio di maniche».

«Perché lo dice?».

«S'era svegliato mezz'ora fa. E ha detto che per tirarsi su s'è fatto una macchinetta intera di caffè».

«E che c'è di male?».

«Che se poi prepari un altro caffè con la moka dovresti prima togliere la polvere vecchia e gettarla nella pattumiera, no?».

«Non l'ha fatto?».

«Non l'ha fatto. La caffettiera era pulita. Questo che ti dice, Elena?».

«Che il caffè appena sveglio non se l'era preso?».

«Vedi che quando ti ci metti le cose le sai? Ora a mangiare».

Poisson de mer in realtà era il ristorante di uno stabilimento. Tutto sembrava tranne che uno stabilimento. Il pavimento in pietra arenaria nera, i muri color cioccolata e una serie di tavolini grigi rivestiti di una striscia di cotone bianco e un vaso con un'orchidea. Aveva la stessa personalità della hall di un Novotel a Cracovia. Un'enorme vetrata in PVC dava sulla spiaggia. Qui e lì si vedevano spuntare come funghi le teste degli ombrelloni. Che non erano di stoffa, ma di foglie di palma intrecciate. Era la moda dei lidi come Riccione, Rimini o anche Ostia quella di dare un tocco esotico alla spiaggia per cercare di far dimenticare lo squallore di un mare sporco, inutile e tetro come un cielo di novembre. C'erano solo quattro clienti con lo sguardo spaurito. Non deponeva a favore. E infatti. Il solerte cameriere, convinto di essere in forze in un ristorante pluristellato, aveva servito la pasta alle vongole, scotta e piena di sabbia, dentro dei grossi bicchieri da cocktail. Il calamaro ripieno invece in una scatola di legno. Avrebbe fatto migliore figura avvolto in una carta stagnola della Brooklyn, data la sua consistenza gommosa. Il vino imbarazzante e caldo. E mentre pagava i 98 euro del conto, Rocco decise che gli avrebbe mandato i Nas e la finanza. Non necessariamente lo stesso giorno.

Graziano Cerveglioni, il meccanico, era steso sul letto. La moglie accanto a lui aveva il viso pallido e disperato. Non s'aspettava certo di farsi un Ferragosto in ospedale. Nonostante il bacino rotto Graziano non aveva perso il buonumore. «Commissa', che roba, eh? La racconto ai nipoti. Uno va in banca a versare un assegno di trecento euro e viene investito da una Multipla».

«Roba da matti, hai ragione».

«Che poi meno male che non era una Land Rover. Quella con le quattro ruote motrici capace che montava sul bancone e mi stritolava» aggiunse professionalmente il meccanico.

«Mi dispiace. Però se vuoi ti posso dare due belle notizie».

«E me le dia, commissario».

«Prima notizia è che i commissari non esistono più. Mo' ci chiamiamo vicequestori».

«Ah, nun lo sapevo» fece il meccanico.

«E mica eri tenuto. Seconda notizia chiama un avvocato e fai le pratiche perché becchi un sacco di soldi d'assicurazione».

«Dice?».

«Dico. Mi dispiace che passi il resto dell'estate così» disse Rocco e si alzò, subito imitato dalla moglie del meccanico.

«E vabbè. Me riposo, commissa'... scusi, vicequestore. Se poi lo prendete quel fijodenamignotta me lo faccia sapere».

«Sarai il primo!».

Chi stava veramente male era la signora Bedetti. In rianimazione, la testa fasciata, le palpebre calate e la prognosi riservata, come usano dire i medici. Non dava segni di risveglio e sua figlia, Lucia Bedetti in Tagliaferri, aveva gli occhi rossi e consumati dal pianto. Continuava a scuotere la testa e i suoi capelli con i colpi di sole tremavano come gelatina. «Non ci posso credere. Se mamma fosse venuta a Sabaudia con me a quest'ora... gliel'avevo detto. Che è tutta 'sta prescia di andare in banca? Vacce dopo Ferragosto, no? Ma niente, non c'è stato niente da fare».

Rocco guardava attentamente la donna. La carnagione color cartone e gli zigomi falsi gli ricordavano qualcuno. «Ma lei non ha un bar a viale Europa?» le chiese.

Lucia Tagliaferri parve riprendersi. «E certo. Bar pasticceria La Casina del Lago. Perché? Bazzica?» e lo pronunciò come fosse una parola chic francese.

«Sì, bazzico» rispose Rocco. «Sono Schiavone. Commissariato Colombo dell'EUR».

«Ah, ecco, me pareva una faccia familiare la sua».

«E suo marito?».

«Carlo è rimasto a Sabaudia coi pupi».

«Sua mamma è sposata?».

«Vedova. Papà se n'è andato 10 anni fa. Era suo il bar all'EUR».

«E sua madre ci lavorava?».

«E come no. Viene tre volte a settimana a fare i conti. E a controllare. Ci tiene al bar, mamma. E poi come fa i bignè mia madre nessuno guardi, manco Scaturchio a Napoli».

«Pure i cannoli sono buoni» fece il vicequestore.

«Vero. Quelli li fa Carlo, mio marito. Glieli ha imparati un pasticciere di Siracusa».

«Ma i migliori li fanno a Palermo».

«No, a Catania» rispose subito Lucia.

«Palermo, e non ammetto repliche» fece sorridendo Rocco. Lucia rispose al sorriso. Aveva tutti i denti bianchi. O forse sembravano più bianchi esaltati dal colore bruciato della pelle del viso.

«Lei lo sa perché mamma aveva tutta 'sta prescia di andare in banca?».

«S'era fissata che non era buona. Voleva spostare i conti. Ma dico io se lo faceva dopo Ferragosto, ma che cambiava?».

«Niente. Non cambiava niente».

Lucia guardò con attenzione il vicequestore: «Che vuol dire che non cambiava niente?».

«Non ci faccia caso. Pensieri di un poliziotto che non va in ferie. Le faccio i miei migliori auguri a lei e soprattutto a sua madre».

Lucia annuì triste. «Io mo' che faccio?».

«E che deve fare? Crede in Dio?».

«So cattolica apostolica romana, certo che ce credo».

«E allora lo preghi. Magari aiuta».

«Qual è il problema Rocco?» mi chiede Marina. Vuole sapere qual è il problema. Da dove comincio? Che la pasta con le vongole a Roma non la sanno fare? Che per

bere un vino bianco decente devi tirare fuori almeno 30 euro sennò ti fa male la testa tutto il giorno? Oppure il trasferimento? Che devo lasciare questa casa?

«Niente va bene, Marina. Niente». Otto e un quarto e il sole se ne sta andando giù. I tetti sono arancioni. A Roma non c'è nessuno. A parte me. E Furio. Che dovrebbe già essere qui.

«Che dici la vendiamo?».

«La casa?» mi chiede. «Ma sei matto? Ora non è il momento di vendere. Un attico a Monteverde Vecchio poi? Non cala mai di valore. Tienila, Rocco. Magari un giorno ci ritorni a Roma».

Magari. Intanto chissà dove cazzo mi mandano. «Pensa positivo. Magari finisci in Toscana, in mezzo alla campagna». «Non credo, Marina. Non credo proprio. Ne ho le palle piene».

«Che vuoi fare?» mi chiede. «Partire?».

«Non mi posso muovere. C'è una rapina. Una è finita in coma». Marina queste cose non le vuole sentire. Me lo disse il giorno del matrimonio: «Il lavoro lo lasci fuori dalla porta di casa, va bene?». Certo che mi va bene. Però il lavoro in casa entra lo stesso. C'è entrato lo stesso. «Te lo ricordi ancora il giorno Marì?». Sorride. Certo che lo ricorda. 7 luglio 2007. «Non ce la scordiamo la data, vero?». «No Rocco, non ce la scordiamo». Quant'è rapido il sole a calare. E quant'è caldo d'estate 'st'appartamento. È il problema degli attici. Freddi l'inverno e bollenti l'estate. «Io me ne vado a guardare un po' di televisione» fa Marina. Io le sorrido. Me ne andrei a dormire. Ma suona il citofono. È Furio.

Furio arrivò alle otto e mezza. Si fece il solito drink ghiacciato. «Dimmi un po', dov'è che dobbiamo andare?» chiese sbatacchiando il ghiaccio nel bicchiere di Martini.

«Al deposito. Una cosa non mi torna». Furio si fece un bel sorso. «Al commissariato, a Ostia. Devi dare un'occhiata a una macchina rubata».

Furio annuì. «Perché? Che c'è che non torna?».

«I fili».

«L'hanno fatta partire coi fili? Di che anno è?».

«Del '98».

«Allora hanno fatto contatto come si faceva una volta».

«Sì, ma a occhio mi sembra sbagliato».

Furio si fece una bella risata: «A occhio? Perché, quante auto hai messo in moto così?».

«Solo una. Per questo mi serve uno che per anni ha fatto 'sto mestiere».

Furio finì il Martini e posò il bicchiere sul tavolino di cristallo. Si guardò intorno. «La sai una cosa? Ci dovresti mettere un paio di quadri in questo salone. È un po' vuoto. Spoglio».

«E secondo te con due quadri ho risolto il problema?».

Furio lo guardò in silenzio. «Lascia perdere, Furio. Lo so che parlavi dell'arredamento. Scusami. Andiamo va».

La Multipla stava nel deposito sotto un lampione alogeno con ancora i cristalli del finestrino sbriciolati sui sedili. Furio li pulì con un paio di manate mentre Rocco saliva dal lato del passeggero.

«E diamo un'occhiata!».

Rocco accese la torcia. E apparvero i fili del cruscotto. «Allora... fammi vedere, dallo stereo partono i tre fili, vedi? Rosso è il positivo, blu negativo, il nero è la massa...».

Furio smanettò per un minuto. «Hai ragione Rocco. Bella prova. Lo vedi lo starter sotto al cruscotto? Da qui invece partono quattro fili. Rosso, blu, positivo e negativo, poi ci sono il nero e il bianco che sono le due chiavi. Per farla partire devi unire le due chiavi, nero e bianco, e attaccarci il filo nero dello stereo, la massa, quella che dà la corrente della batteria. Invece qui non è così».

«Infatti» fece Rocco. «Qui hanno unito i rossi e i blu, ma il bianco e nero dello starter sono attaccati a cazzo di cane».

«Esatto. Questa macchina è stata avviata con la chiave. Normalmente. E i fili sono stati uniti per fare un po' di scena».

Il vicequestore sorrise. «Rocco, a saperlo che avevi 'sta manualità anni fa ti portavo con me a fare un po' di belle macchine tedesche».

«A saperlo» disse Rocco e sorrise.

«Questo che abbiamo scoperto stasera che significa sbirro?» gli chiese Furio mentre l'alogena del deposito gli illuminava una porzione del cranio rasato e lo faceva sembrare un pianeta in orbita nel cielo nero.

«Significa parecchio. Ma soprattutto significa che stanno provando a prendermi per il culo. E la cosa non mi va».

«Venerdì andiamo al Circeo, te lo ricordi?».

Certo che se lo ricordava. Anche se ne avrebbe volentieri fatto a meno. «Ma perché proprio il Circeo, Furio?».

«Da Saporetti, no? Ci siamo sempre andati».

«Sì, ma era un'altra vita».

Furio guardò l'amico. «Lo so. Però magari ti aiuta. Passiamo una bella giornata all'aria. E ci facciamo due risate a ricordare le cose che abbiamo fatto insieme».

«Quello è il problema. Ricordare, Furio». Gli occhi di Rocco si inumidirono.

«Marina sta sempre con noi» gli disse l'amico stringendogli la mano.

Rocco lo guardò. Ora il pianeta in orbita gli sembrava bagnato, e anche il buio aveva un alone umido. Spennazzò le ciglia e se le asciugò. Furio lo abbracciò forte.

Ad agosto a Roma può succedere che il cielo si gonfi e diventi denso e nero. E l'aria ancora più calda. Tutto si ferma in attesa della pioggia che tanto non arriverà mai. Ci si sente schiacciati da un peso insopportabile, si suda anche a respirare e si prega per un tuono. Così era la mattina del 13 quando Rocco arrivò davanti al civico 20 di via delle Montagne Rocciose, quartiere EUR, residenza del dottor Turrini, al secolo direttore della filiale della Cassa di Risparmio di Trieste e Trento. Non una bava di vento. A parte l'aria smossa dalle automobili.

Gli aprì la moglie Elisa. Bruna coi capelli appena fonati, gli occhi neri, grandi e di fuoco. Magra, asciutta, un seno piccolo che premeva sulla camicetta di Hermès. Si muoveva a scatti facendo tintinnare gli orecchini d'oro. «Benvenuto, dottor Schiavone» voce calda e da ex fumatrice. Rocco se la sarebbe scopata direttamente lì nell'ingresso, sul tappeto bukara. «Mio marito arriva subito. Gradisce un caffè?».

«Acqua, anche di rubinetto grazie». La donna attraversò il salone. Si sapeva muovere sui tacchi da 12 centimetri e il sedere ondeggiava ad ogni colpo d'anca. «Terribile quello che è successo ieri, no? S'accomodi». E sparì dietro una doppia porta. Rocco si guardò in giro. C'era un tavolo di noce e marmo con sei sedie a spalliera alta con accanto un comò antico appena restaurato. Il marmo del pavimento era coperto di bei tappeti persiani e i divani damascati gialli e blu stavano davanti alla finestra con le tende a pacchetto. Una libreria in radica e specchi correva tutt'intorno alla parete di fondo. C'erano tre enciclopedie e una serie dei grandi classici della letteratura tutti in pelle con le scritte in oro. Si vedeva che l'ultima mano che li aveva toccati era stata quella del rilegatore. I quadri erano imbarazzanti. Meglio, non avrebbero stonato a casa di un Diego Della Valle o di un Agnelli. Difficile non riconoscere due cavalli di de Chirico e un paesaggio anemico di Schifano. Elisa rientrò con un vassoio d'argento e un bel bicchiere d'acqua sopra. «Si intende di arte?».

«Poco. Ma abbastanza da riconoscere gli autori di questi quadri».

«Sono copie, sa? Ci piacerebbe, ma noi mica ci possiamo permettere cose simili. Però sono fatte molto bene. E si fanno pagare per farli, sa?». E posò il vassoio sul tavolino di fronte ai divani. Poi allungò il bicchiere a Rocco. «Grazie. Suo marito è ancora sotto shock?».

«No, s'è ripreso. Eccolo».

Il dottor Turrini entrò nel salone. Fresco di doccia coi capelli all'indietro e un paio di baffoni spioventi. Più basso della moglie di almeno 20 centimetri, 8 se si toglievano i tacchi alla tipa. Ora non era più pallido e spettinato. Ma sorrideva affabilmente. La Lacoste salmone stonava con il suo incarnato chiaro. «Stavate uscendo?».

«Non si preoccupi. Cosa posso fare per lei? Prego, si accomodi».

Si sedettero sui divani. La moglie sul bracciolo accavallando le belle gambe magre e muscolose. «Posso restare?» chiese. Schiavone annuì. «Tanto fra me e mia moglie nessun segreto» rassicurò il direttore.

«Dottor Turrini, le posso chiedere quanto hanno prelevato ieri?».

«Circa settemila euro».

«Settemilatrecento, per essere precisi» intervenne Elisa.

Rocco posò il bicchiere sul tavolino: «Tanto erano soldi assicurati, no?».

«Sì. Certo, subire una rapina non è mai una bella cosa per un direttore di una filiale».

«E cos'è una bella cosa per un direttore di una filiale?».

Turrini poggiò i gomiti sulle ginocchia e incrociò le mani. «Be', che i clienti siano soddisfatti. Che gli investimenti diano i loro frutti. Vede? Io ogni trimestre devo guadagnare più di quanto spenda. La direzione fa i conti e mica è bello essere messo fra i cattivi».

«E creda» intervenne Elisa con la sua voce bassa e sensuale «checché se ne dica, le banche oggi mica guadagnano così tanto. Una rapina certo non è una buona pubblicità. Tempo perso, immagine rovinata...».

«E un cliente in coma» chiosò Rocco.

«Già. Se penso alla povera signora Bedetti».

«Lei sa come sta?» chiese la moglie.

«In coma».

Gli occhi neri di Elisa scattarono di lato, come a voler toccare il viso del marito. Che invece guardò in terra e prese un bel respiro. «E ne uscirà?».

«Difficile a dirsi. Lei parlava di scadenze trimestrali. Quando sarebbe la prossima?».

«Fine agosto. Con precisione il 20».

«Mi faccia fare un calcolo. Oggi 13 è mercoledì. Ferragosto cade di venerdì. Sabato e domenica 16 e 17. Mercoledì è 20. Giusto?».

«Giusto».

Elisa guardò seria il poliziotto: «Perché ci sta declinando il calendario?».

Rocco sorrise. «Pensavo agli impiegati. Una fortuna, no? Che il Ferragosto cada di venerdì. Un bel ponte fino al 18, o no?».

Turrini rise sotto i baffi da messicano. La moglie no. Rimase impassibile. Seria continuava a guardare Rocco. Dai suoi begli occhi passava un messaggio molto chiaro: «Poliziotto, io e te ci capiamo. Dove vuoi arrivare?». E da quelli di Rocco la risposta era altrettanto palese:

«Lontano, amica mia. Molto lontano». Il silenzio che era calato nel salone imbarazzò il direttore di banca. Doveva spezzarlo a tutti i costi. Soprattutto doveva interrompere quell'incrocio di sguardi fra sua moglie e il poliziotto. «Bene, se non c'è altro io dovrei andare in filiale». Rocco posò lo sguardo sul direttore. Aveva la fronte imperlata di sudore. «No. Non c'è altro. Anzi sì. Mi dia per favore l'indirizzo e il telefono del cassiere».

«Luca?».

«Già. L'hanno dimesso dall'ospedale e devo farci due chiacchiere. Nessuna rottura di ossa. Solo una bella botta». Poi guardò Elisa: «Routine...» rispose alla domanda silenziosa. E si alzò.

Mostacciano è un quartiere residenziale sorto alla fine degli anni Settanta attaccato all'EUR. Belle case, belle macchine, tanti alberi. Via Sergio Forti era in salita, piena di buche e con i pini sui due lati della carreggiata. Se a Roma vuoi capire l'agiatezza degli abitanti di un quartiere, basta farsi un giro e cercare parcheggio ad agosto. Se ce n'è è segno che la gente è in ferie e il quartiere è agiato. Se al contrario non noti differenze con dicembre vuol dire che da quelle parti non se la passano tanto bene. Via Sergio Forti aveva più parcheggi che auto. Luca Sparta abitava a piano terra in un monolocale. Aveva anche un giardinetto ma non il pollice verde. C'erano solo graminacee alte due metri e erba secca. Resisteva solo un tronchetto della felicità invasato. Una sdraio mezza sfondata riposava all'ombra di una tettoia di legno. Per terra una tazzina di caffè.

Mentre Rocco osservava quei particolari, il viso di un giovane apparve alla finestra aperta. «Vicequestore Schiavone?» gli chiese.

«Esatto. Che faccio, entro?» chiese Rocco da dietro le sbarre di ferro battuto.

Il ragazzo si guardò alle spalle. «Qui dentro è un mezzo letamaio. Sa, dovevo partire domani e non ho messo a posto. Ce ne andiamo al bar a prendere un gelato?».

«Volentieri» disse Rocco.

Il ragazzo sorrise e chiuse la finestra.

Camminava lento e ogni tanto si portava la mano allo sterno. Luca Sparta se l'era vista brutta. «Ho smesso di vomitare solo oggi all'alba» fu la prima cosa che disse uscendo dal portone. Aveva la cadenza lombarda, infatti era di Como. In attesa del trasferimento dalle sue parti, sopportava in silenzio quell'esilio romano. Tutto quello a cui teneva era su, a Como. I suoi genitori, Barbara e pure quel ramo del lago. Che la sua fidanzata detestava e che lui invece amava con tutto se stesso. Gli mancava talmente tanto che a volte, di notte, ne percepiva l'odore. Così diceva.

«Brutta cosa ieri, eh?» fece Rocco leccando il pistacchio.

Luca annuì. «Terribile. Lei sa come sta la signora Bedetti?».

«Male. Chissà se ce la fa».

«Poveretta».

«Mi dà una mano?» chiese Rocco.

«Volentieri. Se posso».

«Può. Il dottor Turrini...».

Luca alzò gli occhi al cielo. Bene, pensò Rocco. Come sperava, il ragazzo non sopportava il suo capo. «Che tipo è?».

«Basta un'occhiata per capirlo. È un arrogante figlio di puttana. Arrivista e...» si fermò. Stava per aggiungere qualcos'altro. Ma s'era fermato.

«E?».

«E spero in Dio che faccia carriera e se ne vada e mi lasci in pace. Perché a me tocca un altro anno qui a Roma».

«Mi faccia capire».

Luca leccando rapido il suo gelato spiegò meglio la situazione. Turrini era in odore di una promozione, una roba seria. Alla filiale centrale, e sarebbe diventato dirigente. «Lei sa cosa vuol dire diventare dirigenti?» e Luca Sparta enumerò tutti i vantaggi, i benefit e i guadagni dei dirigenti. Appartenere alla «casta» della banca è tutta un'altra vita. «Solo che per fare carriera devi dimostrare che ci sai fare. I rendiconti trimestrali della tua filiale devono far sorridere quelli di su. Devi portare risultati, mica palle».

Rocco annuiva. Luca sembrava anche aver dimenticato la botta allo sterno. Era un fiume in piena. Non amava il suo lavoro, questo era chiaro. Tanto che all'improvviso Rocco gli chiese: «Lei che avrebbe voluto fare da grande?».

Luca che aveva finito il gelato sgranò gli occhi sorpreso: «Perché me lo chiede?».

«Non il bancario».

«No. Le banche non erano nei miei pensieri. Le barche sì. Ho sbagliato solo una consonante, dopotutto» e sorrise. «Barche. Io avrei voluto progettare e costruire barche».

«Da lago?».

Luca sorrise: «No, dopo il Riva non ce n'è per nessuno. No. Parlo di bialberi». Bevve un goccio d'acqua. «Mi fanno male le tempie» disse.

«È perché ha mangiato il gelato troppo in fretta» fece Rocco. «Però un lavoro ce l'ha. Faccia carriera, diventi dirigente, così si potrà permettere una barca e poi se ne va in pensione e se la gode. No?».

«Per fare carriera devi avere pelo sullo stomaco. Io ce l'ho solo sul viso e sulla testa» disse accarezzandosi la folta capigliatura riccia.

«Ti devo fare una domanda delicata» passare al tu era calcolato. Come il volume basso e la voce calda e di petto. Tutto serviva a creare un'idea di intimità per indurre la persona ad aprirsi e aiutare le indagini.

«Mi dica» fece Luca avvicinandosi con il busto al vicequestore.

«Perché la signora Bedetti era in banca ieri?».

«Non lo so. Aveva chiesto gli estratti conto, questo me lo ricordo, e poi doveva vedere il direttore».

«Chissà perché».

«Io credo che se ne volesse andare. Minacciava di farlo da tempo».

«Senti, lo so che questa cosa non me la puoi dire, ma aiuterebbe. Quanti soldi aveva la signora Bedetti?».

Luca sorrise: «Sarebbe un'informazione riservata».

«Quella donna è in coma e forse non ne uscirà più».

Luca annuì: «Rimane tra lei e me?».

«Tra te e me».
«Duemilioni e ottocentomila e rotti».
«Porca...» disse Rocco. «Rendono i bar, eh? Sei stato di grande aiuto, Luca. Vedrai, me ne sarai grato».
«E perché?».
«Vedrai».

Il cielo era ancora nero. Lontano si sentì un tuono. Ma l'aria era secca e le rondini volavano alto. C'era poco da sperarci. Non avrebbe piovuto. Rocco e Furio erano seduti davanti al fontanone sul Gianicolo. Roma si stendeva come un tappeto colorato davanti ai loro occhi. I tetti, le cupole e la pesantezza del marmo bianco del palazzaccio e dell'altare della patria. Le montagne lontane non si vedevano coperte dalla foschia calda di un 13 agosto da cani. I gabbiani nel cielo percorrevano sempre le stesse linee. Puntavano a tutto i gabbiani. Pattumiera, resti di cibo, topi, cadaveri. «In America ci sono i condor, a Roma abbiamo i gabbiani» disse Furio osservandoli. «Lo sai che me ne viene uno ogni mattina a rompere i coglioni sul davanzale?».
«Da me vengono i piccioni» rispose Rocco.
«Perché stiamo qui?» fece Furio. «Non era meglio a casa mia?».
«Ti va di fare un lavoretto? Dieci minuti».
«E quanto ci guadagno?».
«Settemilatrecento euro».
«Per dieci minuti ci sto. Di cosa si tratta?».
«Ti do un indirizzo. Via Vasco de Gama. Al 32. Casa di Mario Mazzarotto».

«Ce li ha lì?» fece Furio accendendosi una sigaretta.

«Credo proprio di sì. Lasciane 500 come corpo del reato. E giacché stai lì fammi un altro favore. Vacci mentre dorme e prendigli pure il cellulare».

«Ricevuto». Furio si alzò, fece due passi verso Trastevere, poi si voltò. «Dopodomani però andiamo al Circeo».

«Sicuro».

«Vieni con Elena Dobbrilla come a Capodanno?».

«Ho un altro programma, se ci riesco».

Fu solo alle tre di notte di quel 14 agosto che il cielo si aprì e in meno di dieci minuti scaricò sulla città tonnellate di acqua. All'alba il sole era già pronto ad arrostire la capitale e la frescura notturna subito evaporò. Furio arrivò a casa di Rocco con i cornetti caldi e la faccia di chi non ha chiuso occhio. «Settemila euro. Trecento li aveva già spesi mi sa» e mostrò le banconote da 500 nuove di zecca a Rocco. Poi si mise la mano in tasca: «E questo è il cellulare». Un vecchio Nokia ancora acceso. «Ha chiamato tre volte il tipo ma non ho risposto». Rocco sorrise. «Ah, un'altra cosa. Il cretino s'è portato a casa una fascetta che teneva i soldi con il nome della banca. L'ho lasciata lì in bella evidenza». I cornetti erano caldi. Rocco si pappò quello alla crema. Poi se ne andò sotto la doccia. Furio invece gli chiese se si poteva allungare nella stanza degli ospiti. «Fai pure. Quando vai via tirati la porta».

Entrò nella stanza del commissariato che non erano ancora le otto, ma De Silvestri era già lì seduto che l'aspettava: «Dottore, ho fatto presto come mi ha chiesto. Poi fra una mezz'ora parto. Raggiungo mia moglie a Terracina» gli disse allungandogli la cartella. «Qui dentro c'è tutto».

«De Silvestri, sei una cosa meravigliosa!» e afferrò la cartella. L'anziano agente si alzò lasciando Rocco con il naso dentro i documenti che gli aveva portato. Sorrideva, De Silvestri, perché lo sapeva che dentro quelle carte c'erano buone notizie per il vicequestore Rocco Schiavone. Si bloccò sulla porta: «Ci aveva azzeccato, dottore. Questo mese il coglione sarebbe stato promosso». E sparì chiudendo piano la porta.

«Mario, non mi devi mai chiamare su questo numero, cazzo!» grugnì il dottor Turrini seduto nel suo ufficio della banca mentre due operai stavano ricostruendo il bancone di legno e la cassa. Dall'altra parte nessun suono, nessuna voce. «Mario?». Fu allora che il dottor Turrini alzò lo sguardo e sulla porta vide il vicequestore Rocco Schiavone in piedi con un vecchio cellulare in mano. «Funziona ancora bene 'st'affare. I Nokia sono i migliori, secondo me».

Turrini diventò più bianco della Lacoste che portava abbottonata fino al collo. Stirò un sorriso. «Dottor Schiavone». Rocco avanzò di due passi e si sedette davanti al direttore della banca. «Allora mi dica se sbaglio. Cosa ha scoperto il mio solerte agente De Silvestri, in forza alla polizia dal lontano 1980?».

«Cosa?».

«Lei e il signor Mario Mazzarotto, che al momento grazie al giudice Pierannunzi i miei stanno traducendo a Rebibbia, vi eravate conosciuti nel 1974 al liceo Socrate alla Garbatella. Mario Mazzarotto fu bocciato al terzo anno. Ma siete rimasti in contatto. Almeno secondo quanto dice questo bel foglietto qui». E mostrò una carta fotocopiata al direttore che aveva la fronte fradicia di sudore. «È una denuncia del 1980. Lei aveva 20 anni e insieme a Mario Mazzarotto e ad altri tre giovanotti era stato beccato con qualche grammo di fumo in più. Errori di gioventù, vero?».

«Questo che significa?».

«Parecchio. Anche perché sul cellulare di Mario il suo numero è memorizzato sotto il nome di Carciofone. L'ho appena chiamata. Perché Carciofone?».

Il direttore alzò le spalle. «Carciofone. Eravate amici, vero? Ecco che avete combinato. Mazzarotto campava di espedienti, e questo lei lo sapeva. Dice che vende la roba su eBay. Ma in realtà ricetta roba rubata. E anche questo lei lo sa. Lei aveva bisogno di una cosa: fermare la signora Bedetti. E mi dica se sbaglio».

«E perché avrei dovuto?».

«Perché lei aveva saputo che il giorno 12 la signora avrebbe chiuso i suoi conti e portato quasi tre milioni di euro da lei investiti in un'altra banca. Solo che il trimestre scadeva. Una brutta macchia sul suo curriculum, no? Che gli dice a quelli di su? Ora che lei è lì lì per essere promosso in centrale? Macchia incancellabile». Turrini si limitava a guardare Rocco con gli occhi attenti. Sembrava non respirasse più. Il vicequestore proseguì: «E allora ha pensato: la signora arriva il 12 che è martedì. Bastava tener duro fino al venerdì e la cosa era risolta. Perché venerdì è Ferragosto, mi corregga se sbaglio». Turrini non lo corresse. «E così se lei le avesse impedito il trasferimento e l'avesse rimandato a dopo Ferragosto, diciamo lunedì, che se non sbaglio è 18, insomma era fatta. Poi fra la rapina, la polizia, le indagini teneva chiuso un paio di giorni e a lei in realtà bastava e avanzava. Perché il 19 preparava i conti per la centrale e zac! Il gioco era fatto. La signora Bedetti poteva anche venire il 20 e cambiare banca. Tanto sulle rendicontazioni il passaggio sarebbe arrivato al prossimo trimestre, e lei magari già era su a parlare coi capi. Fin qui tutto chiaro?».

«Lei è pazzo. Però ha una bella immaginazione».

«Sa cosa vi ha fregato? Le chiavi. La Multipla aveva i fili fuori dal cruscotto, per fingere il furto. Sa come si fa, no? Un contatto e parte. L'ha visto in parecchi film. E pure Mario lo sapeva. Era un bell'alibi. Usare la macchina di proprietà del rapinatore per il colpo. La polizia mai lo andrebbe a pensare. Ma i fili stavano lì solo per fare scena. La Multipla è partita con le chiavi. Normalmente. Chiavi che Mazzarotto deve aver perso. Perché quando me le ha mostrate mi ha dato delle chiavi nuove con ancora il portachiavi dell'autosalone. Chiavi nuove per un'auto del '98? Non quadra. Erano i doppioni, di questo ne sono sicuro. E così il mio cervello ha cominciato a lavorare. E sono arrivato fin qui». Lo guardò serio. «Stanno arrivando, dottor Turrini. Ci tenevo però a dirle che lei dovrà anche rispondere di tentato omicidio. Speri vivamente che la signora Bedetti esca dal coma. Altrimenti vent'anni non glieli toglie nessuno. A lei e al signor Mazzarotto. La saluto. Carciofone». E detto questo si alzò lasciando entrare l'agente Elena Dobbrilla e Parrillo pronti a portarsi via il direttore della banca.

Doveva chiamare Graziano il meccanico e avvertirlo che il fijodenamignotta che gli aveva rovinato l'estate in realtà erano due e che se il suo bacino si sarebbe rimesso a posto le ossa di Mazzarotto e Turrini invece ci avrebbero messo un po' di tempo prima di aggiustarsi. E poi avvertire anche Luca Sparta al quale, anche senza promozione, aveva tolto il direttore dalle palle definitivamente.

Elisa Turrini aveva pianto tutte le sue lacrime. Rocco era lì, seduto sui divani damascati gialli e blu, e aveva messo su la faccia triste di chi comprende la situazione e compatisce una povera donna caduta in un gioco più grande di lei. «Daniele... io mai l'avrei pensato» disse Elisa pulendosi il naso con un kleenex. «Come faccio adesso?».

«Se vuole le consiglio un buon avvocato. Un penalista di grido. Magari qualche anno glielo abbona a suo marito».

«La mia vita rovinata in un attimo. Ma perché ha fatto questo?».

«Arrivismo? Avidità?» e la guardò. Recitava da dio Elisa, su questo non c'erano dubbi. «Lei non ha mai avuto il sospetto di tutto questo?».

«Io? Mai!» disse sgranando gli occhi grandi e neri. «Fra l'altro le devo dire la verità. Le cose fra me e mio marito da tempo non andavano più così bene».

Troia, pensò Rocco.

«A dirla tutta stavo seriamente pensando a una separazione, magari momentanea... ultimamente era cambiato. Sempre con la testa al lavoro».

Rocco la osservò. Avrebbe voluto dirle: lo dominavi come una marionetta, Elisa. Solo che ti sono scappati i fili dalla mano.

Ma non era venuto in visita per fare a pezzi la donna. Non gli interessava. La meta era un'altra. Difficile, lontana, ma possibile. Almeno questo lo percepiva. Sferrò l'attacco finale. «Lei ha bisogno di un po' di distrazione, Elisa. L'attende un periodo molto duro».

La donna annuì.

«Ha qualche parente qui a Roma che le può dare una mano?».

«Lei è un gentiluomo a preoccuparsi per me».

«Chiamami Rocco».

«Rocco, grazie, ma no. Non ho parenti. I miei sono tutti su a Bologna».

«Che a Ferragosto è calda come un ferro da stiro e in più non ha il mare».

«Già». Elisa sorrise. Aveva dei denti candidi che si accoppiavano con la lucentezza delle perle che portava al collo.

«Senti cosa ti propongo, Elisa. Tu domani te ne vieni con me a pranzare nel migliore ristorante del Circeo. Io e un paio di amici carini con le loro fidanzate. Mi sento in parte responsabile di quello che ti è capitato. Dammi la possibilità di alleviare un po' il senso di colpa».

Elisa sorrise. E Rocco proseguì. «Non credere che mi faccia piacere distruggere la vita della gente. È il mio lavoro. E sai? A volte ne farei proprio a meno».

«Lo so che tu non hai colpa, Rocco».

E ci mancherebbe, pensò il vicequestore.

«Ma forse è un po' sconveniente per me venire con te dopo che...».

«E tuo marito? Non è stato sconveniente a fare tutto quello che ha fatto lasciandoti così? In questo, passami il termine, mare di merda?».

Come se tu non lo sapessi, Elisa, avrebbe voluto aggiungere.

«Mi sentirei in colpa. Dico, lui dentro e io al mare».

«Lui si è sentito in colpa quando ha progettato tutto con quel Mazzarotto?».

«No».

«Lui ha calcolato il rischio di lasciarti in mezzo a una strada in lacrime?».

«No. Lui mi ha... lui non mi ha mai chiesto un parere».

«Lui ha mai pensato al tuo futuro? Lo sai come lo aveva memorizzato Mazzarotto a tuo marito sul cellulare? Con quale soprannome? Trombador!».

Elisa sgranò gli occhi. «Trombador? Non Carciofone?» chiese.

Ahi ahi Elisa, passo falso, pensò Rocco, passo falso. Ma se ne fregò. «No. Trombador. E secondo te che significa?».

«Una cosa brutta».

«Che quantomeno le altre donne le guardava. Sempre se si fermava lì».

«Ne ho sempre avuto il sospetto». Poi la donna puntò gli occhi su quelli di Rocco: «Io verrei volentieri. Ma non credo che...».

«Tanto Daniele per i prossimi giorni non si muove. Facciamo un bel pranzo all'aperto, mangiamo cose divine davanti al mare e chissà se per un giorno dimentichi questa brutta storia. Poi il 16 agosto vedremo che succede».

«Rocco, ma tu... non sei sposato?».

Un'ombra passò sugli occhi di Rocco. «Ti passo a prendere alle 10?».

«Mi... mi porto il costume da bagno?».

Rocco annuì.

Il pranzo da Saporetti era stato degno di un dio e lo aveva aiutato a sopportare i ricordi che affioravano presuntuosi ad ogni angolo del ristorante e della spiaggia. Sebastiano Furio Adele e Myriam avevano bevuto e riso alle lacrime. E come sempre avevano fatto la solita gara della caccia alla strega. Che viene meglio quando hai scolato la terza bottiglia di bianco. «Chi vede per primo il profilo della maga Circe?». E come ogni anno tutti a scrutare il promontorio sul mare per scoprire dove si nascondesse l'antica abitante del monte Circeo: ora sul profilo della vetta, ora giù in basso verso il mare fino alla Torre Paola. Ognuno la scorgeva in un posto diverso, come sempre, come ogni anno. Ma si sa, le maghe come i fantasmi tendono ad apparire nei posti più disparati e soprattutto non rispondono alla logica terrena della gente viva. Mentre il sole tramontava sul mare, Rocco ripensò a tutte le estati che aveva passato lì, nell'altra vita. Estati che non sarebbero più tornate. Come non sarebbe più tornata Marina. Steso sul lettino ascoltava il respiro del mare mentre Furio raccontava una barzelletta di guardie e ladri. Rocco si voltò. Marina era lì, stesa sul lettino accanto al suo. Lei si girò, si tolse gli occhiali da sole e lo salutò col suo sorriso dolce e lontano. Rocco le fece l'occhiolino. Poi chiuse gli occhi. E rimase col profumo di sua moglie nelle narici. Avrebbe voluto fermare quel momento. Ma sentì un respiro accanto a lui. Elisa bagnata e con la pelle d'oca s'era seduta sul suo lettino stringendosi le spalle. «Posso stendermi accanto a te?». Rocco annuì dandole il suo asciugamano. Il corpo in costume da bagno della moglie del direttore era freddo e perfetto come quello di un pesce. La vita andava avanti lo stesso. Spietata e inutile come quei giorni d'agosto. L'ultimo che forse avrebbe passato a Roma.

L'ennesima onda si abbatté sul bagnasciuga. Un altro respiro. Poi un altro. E un altro ancora...

Buon Natale, Rocco!

Ad ogni colpo di straccio che passava sulle scale Adele sentiva tutti i suoi 66 anni. S'era fatta mentalmente il conto: sei piani, due rampe a piano, dieci scalini per rampa facevano centoventi scalini di marmo da pulire. Questo per la palazzina del civico 14. Poi mancavano ancora quelle del 12 e del 10 che aveva pure due piani in più. Più di 400 scalini, più di 400 colpi alla schiena. E tutto da finire entro la mattinata. Una a 66 anni se ne dovrebbe stare a casa a coccolare i nipoti, pensava Adele. Magari farsi una passeggiata e preparare il pranzo al marito. Ma Adele il marito non ce l'aveva più. Non che fosse morto. Era semplicemente sparito da 16 anni lasciandola a vedersela da sola con tre figli maschi. E oggi, a 66 anni, continuava a vedersela da sola con i tre figli maschi. Due a casa e il terzo che s'arrangiava. A fare cosa Adele non l'aveva mai capito. Nipotini neanche l'ombra. «Vuoi i nipotini ma'?» le diceva sempre Maurizio, il secondogenito. «E come li campo?».

«Come li campi?» gli rispondeva Adele. «Li campi facendoti il mazzo come me, che a quasi 70 anni ancora pulisco le scale condominiali!».

Strasch zac altro scalino, sciacqua lo straccio, strizza lo straccio, getta lo straccio sul marmo. Avanti, regolare lenta e continua verso il piano terra. Aveva finito la seconda rampa del sesto piano. Si stirò la schiena. Doveva passare al quinto. «E uno è fatto!» disse a bassa voce. Poi appoggiò le mani alla ringhiera e guardò in giù. Al piano terra a lavare i vetri del portone, le cassette delle poste e l'androne c'era Nabilah, una nigeriana di 44 anni alta un metro e ottanta con le spalle grosse come un giocatore di pallanuoto. Era l'unica della cooperativa a metterla di buon umore. Quando pensava a lei e ai suoi 7 figli laggiù in Africa, Adele si sentiva una privilegiata. «Nabilah» la chiamò dal quinto piano. Quindici metri più giù apparve la donna con il suo viso tondo e lucido. «Che c'è?».

Adele sorrise. «Finito qui ci facciamo un caffè?».

«Anche due! Però paghi tu!» e ridendo tornò a lavorare.

Strash zac altro gradino. Strizza lo straccio. Ributta lo straccio.

Un odore forte e penetrante. Improvviso. Qualcosa che Adele aveva sentito solo d'estate nelle strade di campagna le ultime volte che era andata a trovare i suoi a Subiaco. Annusò il secchio. Non era il secchio. Continuò a passare lo straccio. Man mano che scendeva verso il pianerottolo del quarto piano, l'odore si faceva più intenso. Ora c'era anche un sentore di uova marce misto a gas e all'olezzo di un bidone della spazzatura lasciato sotto il sole d'agosto. E poi quella inconfondibile punta acida e dolce che la prendeva allo stomaco, quella stessa della campagna d'estate, quella che hanno addosso i cani quando vanno a strusciarsi contro la carcassa di qualche animale. Lasciò la ramazza appoggiata al muro. Scese qualche gradino e arrivò al pianerottolo del quarto piano. C'erano tre interni. Senza dubbio la puzza proveniva dal 13. Adele si avvicinò alla porta blindata. Dovette ritirarsi mettendosi una mano davanti alla bocca. «Santa pace...». Barcollò all'indietro. «Nabilah!» chiamò ad alta voce. La donna si affacciò ancora. «Ora che c'è, Adele?».

«Nabilah, vieni su!» urlò. E doveva essere stato un urlo piuttosto forte, perché da qualche parte qualcuno aprì la porta di casa gridando: «Che succede qui?».

«Mi viene... da vomitare» fece Adele e si allontanò di corsa dall'interno 13 mentre i passi di Nabirah pestavano i gradini facendo rimbombare la tromba delle scale.

Il termometro elettronico mandò un fievole «beep». Il vicequestore Rocco Schiavone se lo tolse da sotto l'ascella e osservò con attenzioni i cristalli liquidi. 37 e 6. A questo punto aveva due alternative: chiamare la portiera Ines per farsi fare la spesa, un brodo caldo e poi mettersi sotto le coperte, oppure prendersi la tachipirina e andare a lavorare. Valutò i pro e i contro. Alle nove e mezza di mattina per arrivare al commissariato dell'EUR da casa sua, a Monteverde Vecchio, impiegava una mezz'oretta. Ma il Natale era imminente. E allora la mezz'oretta si poteva trasformare in un'ora abbondante. Il motivo era semplice e Rocco lo conosceva: i ritardatari del regalo. Quelli a cui manca ancora la suocera, il figlio tredicenne e la cugina. Quelli che prendono l'auto solo in quei giorni pre-natalizi e girano come trottole impazzite per la città privi delle più elementari nozioni del codice stradale. Creano ingorghi inestricabili, per poi piantarsi davanti alle vetrine con gli occhi rossi e la bava alla bocca, trasformando la capitale in un immenso quadro di Hieronymus Bosch.

E Dio non voglia che venga giù un po' d'acqua. In quel caso le migliaia di motorini che scorrazzano come libellule felici in mezzo alle automobili ferme, slittano sui sampietrini trasformati in lastre di sapone dalla pioggia e volano clavicole tibie e peroni come storni migratori. Cani sguinzagliati finiscono arrotati sotto le ruote di autobus, stecche di ombrelli orbano decine di passanti mentre i marciapiedi umidi fanno strage dei femori dei pensionati. In quei giorni i reparti traumatologici si riempiono come spiagge d'estate.

Rocco Schiavone stava valutando la prima alternativa, quella cioè di chiamare Ines la portiera cilentana e mettersi sotto le coperte, quando il cellulare squillò. Era il commissariato.

«Chi è che scassa?».

«Dottore, sono Parrillo». Era l'agente scelto Parrillo, il poveraccio preso dai colleghi per le telefonate peggiori da fare al vicequestore. Quando Rocco sentiva la sua voce, sapeva perfettamente che era in arrivo una rottura di coglioni tossica.

«Che vuoi?».

«Abbiamo un guaio. A via delle Montagne Rocciose».

Rocco sbuffò. «Parrillo, io ho 38 di febbre!» esagerò.

«Lo so dottore, ma la cosa è brutta assai».

«Si tratta?».

«In un appartamento. Hanno ritrovato i corpi di due anziani coniugi».

«E fammi indovinare. Non si tratta della perdita di una caldaia, vero?».

«A meno che la caldaia non si sia staccata dal muro e abbia fracassato il cranio a quei poveretti, direi di no».

«Fai dell'ironia, Parrillo?».

«Non mi permetterei mai, dottore».

«Però l'hai fatta. Mandami una macchina che a guidare non me la sento».

«Sta già venendo l'agente Dobbrilla».

«Che palle!». E chiuse la telefonata. Si alzò e la testa gli girò un poco. Prese un bel respiro, andò in bagno e buttò giù la tachipirina senza neanche bere un goccio d'acqua. Si guardò allo specchio. Occhiaie nere e profonde, capelli spettinati e barba lunga. Dieci minuti per darsi un aspetto più umano li aveva ancora.

L'agente Elena Dobbrilla frenò l'auto davanti al civico 14. Una bella palazzina fine anni Cinquanta, non molto distante dal grattacielo di vetro dell'ENI, nella parte più signorile del quartiere EUR, quell'enorme area di Roma Sud che si sviluppa intorno alla grande arteria Cristoforo Colombo. Quartiere monumentale e rappresentativo voluto da Mussolini, con le sue architetture marmoree finto imperiali del Ventennio e le piazze metafisiche, soffocato poi dagli anni Cinquanta dai palazzi residenziali della media e alta borghesia. Da bambino Rocco, trasteverino puro, pensava all'EUR come all'ultimo avamposto della civiltà. Fra i suoi amichetti di Santa Maria in Trastevere e vicolo del Cinque correva voce che laggiù, all'EUR, ci fosse un luna park con una ruota gigantesca, un palazzo dello sport e anche due fermate della metropolitana, che era un treno che viaggiava sotto terra. C'era perfino un lago sul quale si riflettevano i grattacieli di vetro e un ristorante chiamato il fungo... «Alto un botto, ci puoi vedere tutta Roma!».

Ma puzzava di leggenda. Un lago dentro Roma? Impossibile. Poi Rocco scoprì che era tutto vero. Il lago c'era, e pure la metro e i grattacieli. Ma per uno nato a Trastevere l'EUR rimaneva un posto di passaggio da attraversare per andare al mare, a Ostia Lido.

Il vicequestore non aveva detto una parola. Sudava sotto il loden e il maglione di cashmere a girocollo. Effetto della tachipirina. Quando aprì lo sportello per scendere dall'auto, l'istinto materno di Elena ebbe il sopravvento. «Ora stia attento a non prendere spifferi, sudato com'è».

Era una cosa che Rocco non aveva mai sopportato. Le donne che autarchicamente assumevano l'autorità materna.

«Elena cara, cos'abbiamo in comune io e te?».

Elena ci pensò su. «Lei è il mio capo».

«Poi?».

«Poi... Capodanno dell'anno scorso lei ci ha provato con me ma io le risposi che ero fidanzata».

«Esatto. Altro?».

«Sono quella che la fa ridere di più in centrale».

«Bene. Ma non sei mia madre».

«Direi di no. Ho capito, mi scusi. È vero, non sono sua madre. Sono più...».

«Occhio che se dici sua figlia, ti faccio trasferire a Sacile del Friuli!» la minacciò il vicequestore sorridendo.

«A proposito», fece Elena mentre scendevano dall'auto, «ha saputo niente?».

Si riferiva al trasferimento imminente di Rocco Schiavone. Ormai era questione di giorni. E finalmente avrebbe scoperto dove le autorità lo avrebbero mandato a svolgere il suo lavoro nei prossimi anni.

«No, ancora niente».

Elena scosse la testa. «Che poi un giorno me lo dice perché la trasferiscono?».

Rocco si avvicinò a Elena e sottovoce le disse: «Tu lo sai mantenere un segreto?».

«Certo!» rispose Elena entusiasta.

«Anche io». E s'incamminò verso il portone del civico 14.

C'erano gli agenti, quattro donne in grembiule, un omone dai capelli bianchi e il solito capannello di curiosi. «Parrillo! De Santis!» Rocco richiamò gli agenti, «fate sgombrare. Mica siamo al cinema, ecchecazzo!».

Subito gli agenti si mossero per dare seguito all'ordine del loro superiore.

«Lei è?» fece Rocco.

L'omone coi capelli bianchi si presentò. «Pietro Andreotti».

«Parente?».

«Magari. Sono l'amministratore del condominio».

Rocco gli strinse la mano. «Schiavone. Però andiamo dentro che ho un po' di febbre e a stare fuori mi becco la polmonite». Ed entrò seguito dal dottor Andreotti. «Lei è quello che ha aperto l'appartamento?».

«Già. Sono io».

L'androne era elegante. Stoffa sui muri e una bella xilografia di Sant'Andrea della Valle.

«La porta era chiusa a chiave?».

«No, semplicemente chiusa. Ho dato una mandata e si è aperta».

«Come si chiamavano?» fece Rocco avvicinandosi all'ascensore.

«Sono... pardon, erano i coniugi Moresi. Dio mio commissario, che scena che c'è lassù».

«Non sono commissario. Vicequestore. Che piano?».

«Quarto! Chi sarà stato?».

Rocco lo guardò. «Come mi chiamo io, dottor Andreotti?».

L'amministratore lo osservava senza capire. «Schiavone?».

«Appunto, Rocco Schiavone. Non Gesù di Nazareth».

L'ascensore arrivò al piano terra. Solo allora Rocco si ricordò delle quattro donne in grembiule. «Quelle chi sono?».

«Sono le donne della cooperativa che fanno le pulizie. Una di loro ha sentito la puzza e...».

Rocco annuì.

«Ci vuole parlare?» fece Elena che se ne stava sempre al suo fianco.

«No. Semmai dopo. Elena, tu resti qui».

«Perché?».

«Perché presumibilmente i corpi sono in avanzato stato di putrefazione e non è un bello spettacolo, e perché mi servi qui per fermare i giornalisti».

Elena ringraziò con un sorriso il suo capo.

«Devo venire?» fece Andreotti.

«Lasci stare. Lei ha già fatto tanto. Questa merda la lasci a noi». Gli strinse ancora la mano e salì in ascensore.

Fuori dall'interno 13 stazionava un giovane agente con un fazzoletto sulla bocca. Appena vide sbucare il vicequestore dall'ascensore scattò quasi sull'attenti.

«Chi c'è dentro?» gli chiese Rocco.

«Gnfr dttr».

«Levarsi il fazzoletto dalla bocca no?».

L'agente eseguì. «Nessuno, dottore» e poi se lo rimise prontamente sul viso.

La puzza sul pianerottolo era insopportabile. «Hai del profumo?» chiese al giovane. Quello fece no con la testa. Rocco mise la mano in tasca, sbriciolò una Camel e si strusciò le dita energicamente proprio sotto il naso. Andava un po' meglio. Ma la puzza era troppo potente perché un po' di tabacco potesse coprirla. Il vicequestore poggiò la spalla sulla porta dell'appartamento, spinse un poco e quella si aprì. Se possibile la puzza nauseabonda all'interno raddoppiava. Senza guardarsi intorno, Rocco puntò dritto verso il corridoio attraversando il salone e individuò immediatamente la porta del bagno. Appena dentro accese la luce e sulla mensola trovò un bel flacone di acqua di colonia. Se la spruzzò sotto le narici. Poi si infilò due pezzi di carta igienica nel naso e finalmente la puzza si affievolì.

«Bene. Vediamo un po' che abbiamo...» fece tornando in corridoio e infilandosi i guanti di pelle.

Era passato troppo in fretta in salone per vedere i coniugi Moresi. Se ne stavano seduti in poltrona come fossero davanti al telegiornale. Sembravano addormentati. Solo che i capelli bianchi della moglie erano macchiati di un rosso ruggine, e la calotta pelata del marito aveva uno sbrego spaventoso dal quale il cervello era schizzato fuori. I visi erano gonfi come le mani. Il colore della pelle era melanzana livido tendente al nero. Tutti e due avevano la bocca aperta. La dentiera della moglie si era staccata e penzolava lateralmente. La spalliera delle poltrone di pelle verde era attraversata da una striscia di sangue ormai rappreso colato dalle ferite. Arrivava fino al pavimento e aveva macchiato anche il tappeto. I coniugi Moresi se ne stavano seduti uno accanto all'altro, come forse ogni sera per cinquant'anni, davanti alla televisione, i braccioli delle loro poltrone quasi si toccavano, le mani in grembo. Cosa stavano guardando? Di cosa stavano parlando prima che la morte li congelasse in quella posizione? Almeno se n'erano andati insieme. Nessuno dei due avrebbe pianto l'altro. Nessuno avrebbe vissuto coi ricordi dell'altro, pensava Rocco.

Dalla strada si sentivano i clacson, poi una sirena. Poi ancora clacson.

Staccò gli occhi dalle vittime e cominciò a guardarsi intorno. La libreria di legno e vetro alle loro spalle era in perfetto ordine. Invece i cassetti del comò erano tutti aperti. Come erano spalancati quelli del tavolino basso e del settimino. In camera da letto lo stesso spettacolo. Non c'era un cassetto chiuso. La cucina era stata risparmiata. La stanza che invece sembrava essere stata visitata da un ciclone era lo studio. Carte e libri per terra, due quadri spaccati, cassetti divelti. Sulla scrivania antica s'era salvato solo il computer, ancora acceso. Rocco toccò appena il mouse e la schermata s'illuminò. Apparve l'ultima cosa che Moresi aveva guardato prima di morire. La posta. L'indirizzo in alto, Gioacchino Moresi chiocciola yahoo punto it.

«Chi c'è?» berciò una voce dalle altre stanze. Rocco la riconobbe subito. Era quella di Spartaco Pichi detto Uccio. L'anatomopatologo.

«Ci sono io, Uccio!» urlò Rocco, e lasciò lo studio.

Il medico era un uomo robusto, senza capelli e con un pizzetto sale e pepe. Gli occhi intelligenti e sorridenti. Guardò Rocco: «Hai avuto un'epistassi?» gli disse indicando le narici occluse dalla carta igienica.

«Macché, è per la puzza».

Uccio invece non portava la mascherina e sembrava

non avvertire il tanfo mefitico che appesantiva l'aria dell'appartamento. «Rocco, ti davo già trasferito».

«Questione di ore».

«Hai scoperto dove ti mandano?».

«No».

«In bocca al lupo. Ti auguro Trieste».

«Perché?».

«Pieno di figa! Vabbè, diamo un'occhiata» disse Uccio avvicinandosi alle poltrone. «Bel lavoro» fece annuendo, e scrutando le ferite sul cranio dei coniugi Moresi si avvicinò quasi a odorarle. Rocco sentì la bocca dello stomaco chiudersi a sacchetto. «Bel lavoro proprio...» ripeté Uccio.

«Di primo acchito?» chiese il vicequestore.

«Questi sono morti da almeno una decina di giorni».

«Dieci?».

«Di primo acchito, come dici te, Rocco».

«E sempre di primo acchito che mi dici delle ferite?».

Uccio indossò i guanti di plastica. Poi sbuffando infilò un dito nella ferita dell'uomo provocando un rumore viscido, come quando si mastica una pera lapposa. «Ferita a croce. Colpo secco con un corpo appuntito». E si guardò in giro come a cercare l'arma del delitto.

«Una roba così?» disse Rocco sollevando da terra un trofeo con la base di marmo. Rappresentava una specie di Nike su due ruote. E sulla targhetta c'era scritto: «a Gioacchino Moresi – 3° classificato trofeo ciclistico Sora 1978».

«Sì, una cosa così».

Rocco osservò il trofeo. Era macchiato di sangue. Lo poggiò delicatamente sul tavolo della camera da pranzo.

«La vedi complicata?» gli chiese Spartaco Pichi.

«Conoscevano l'omicida. Questo è sicuro, niente effrazione sulla porta né sulle finestre. E questo restringe il campo, no? In più non è un professionista. Perché uno non lascia l'arma del delitto a portata di mano, o no? Stanno arrivando quelli della Scientifica. Non far spegnere il pc che c'è di là. Lo lasciassero così».

«Ricevuto» rispose Uccio e si chinò sulla sua borsa di pelle marrone.

De Silvestri, il migliore agente del commissariato, da anni in odore di pensione, pensione che gli continuavano ad allontanare tanto che ormai si sentiva una pedina del gioco dell'oca, entrò nella stanza del vicequestore con una cartellina in mano. «Ecco qua, dottore». La mollò sul tavolo. Rocco la respinse al mittente facendola scivolare sulla scrivania. «Dai, raccontami che non mi va di leggere i pezzi di carta».

«Subito». De Silvestri si sedette, prese l'incarto e l'aprì. «Allora, i coniugi Moresi avevano rispettivamente... Gioacchino 85 e Carmela 83 anni... due figli. Uno vive a Torino da dodici anni e si chiama... si chiama... ecco qua, Gabriele Moresi, 53 anni».

«L'avete già avvertito?».

«Ha preso il primo aereo. Lo portiamo direttamente dal dottor Pichi. A vedere i genitori...».

«L'altro?».

«Antonio Moresi, 48 anni. E questo lo conosciamo da un po'».

Allungò la fotografia di Antonio Moresi a Rocco. Un uomo riccio con gli occhi chiari che sorrideva alla macchina fotografica.

«Precedenti?».

«Cazzate, ma insomma è uno che dentro c'è stato tre volte. Prima per spaccio, poi nel 2006 detenzione di stupefacenti. Un po' di furti...».

«Tossico?».

«All'ultimo stadio, dotto'».

De Silvestri guardò il vicequestore.

«Embè? Che mi vuoi dire? Hai già trovato il colpevole?».

«Be', certo le cose non depongono a suo favore».

«Vai avanti. Che altro sappiamo?».

«Niente. Gioacchino Moresi era un dirigente dell'Inps, in pensione dal '93, sua moglie insegnava applicazioni tecniche in una scuola media».

«Denunce? Problemi passati? Debiti? Che altro mi sai dire?».

«Ha presente calma piatta? Niente di che. Brave persone, gente tranquilla, casa di proprietà, avevano pure una seconda casa al paese di lei, nelle Marche, per la precisione Porto Potenza Picena. C'è il mare lì».

«E che me ne frega?».

De Silvestri rise. «Era per dire».

«Bravo. Come sempre ottimo lavoro, lascia pure qui le carte».

De Silvestri si alzò e sorridendo fece due passi verso la porta. Poi, afferrata la maniglia, si bloccò: «A proposito, dottore».

«A proposito di che?».

«No, di niente, è un modo di dire quando ti viene in mente una cosa».

«E dimmi, De Silvestri».

«Ha saputo dove va?».

«Ancora niente. E tu della pensione?».

«Mi toccano ancora un paio d'anni».

«Come farai senza di me?».

«Lei ci scherza, ma per me sarà dura veramente. Chissà chi manderanno al posto suo».

«Magari uno bravo e preciso».

«Che è un modo carino di dire: un rompicoglioni di prima! La saluto, dottore».

«Stammi bene, De Silvestri». E osservò l'anziano agente uscire dalla sua stanza. Pensò che oltre a Roma, alla casa, ai suoi amici e ai suoi ricordi, Rocco doveva aggiungere De Silvestri come altro pezzo importante della sua vita che avrebbe perduto con il trasferimento.

Gegè Mosciarelli, la sua spia alla questura centrale, l'agente che Rocco stesso aveva fatto trasferire dall'entroterra molisano regalandogli una vita nella capitale, gli aveva scritto un ennesimo biglietto anonimo in cui gli diceva che la raccomandata del trasferimento era partita, ma che non era riuscito a intercettarla e a capire la meta finale scelta dai capi per il vicequestore Schiavone. A Rocco tanto non interessava più. Saperlo con

48 ore di anticipo non valeva più niente. Perché più niente si poteva fare.

L'agente Elena Dobbrilla, la preferita del vicequestore, aveva preso il permesso per una visita ginecologica, e a Rocco toccava andare in giro con l'agente scelto Parrillo. Che era un bravo ragazzo, ma guidava a scatti e faceva troppe domande. E se le due cose per Rocco erano appena sopportabili quando stava in salute, con la febbre che gli correva nelle ossa e gli percuoteva le tempie erano assolutamente inaffrontabili. «Parrillo, ho l'influenza quindi le domande le faccio solo io e guida piano» furono le prime parole dette dal vicequestore salendo in macchina. Quello aveva annuito ed era rimasto fermo ad aspettare, mani sul volante. «Embè?».

Parrillo aveva sorriso. «Dotto' sono d'accordo, ma se non mi dice dov'è che dobbiamo andare io che ne so?». Rocco aveva annuito e aperto la cartellina di De Silvestri. «Allora... fammi capire. L'ultima residenza conosciuta di Antonio Moresi è via Ignazio Silone...».

«La conosco, mica è lontano. È al Laurentino 38».

«Allegria».

Via Ignazio Silone era una delle due grosse arterie che disegnavano il Laurentino 38, fra i romani conosciuto come «I ponti», felice progetto di urbanistica popolare che nelle intenzioni voleva scimmiottare i grandi quartieri residenziali di Berlino e Amburgo, e che invece era diventato solo un ennesimo quartiere dormitorio periferico degradato e ignorato dal resto della città. Vari sforzi negli ultimi anni avevano cercato di migliorarne la sorte, ma erano stati sforzi vani. Il quartiere restava come un brutto fortino isolato, circondato da discariche abusive e da strade a tre corsie a scorrimento veloce. Una specie di sacco cieco che intrappolava i suoi abitanti in un'esistenza senza speranze. E se ti avessero messo lì davanti senza dirti niente a osservare quei palazzi grigi, i ponti che lo attraversavano e il cemento che lo circondava, potevi pensare di essere a Novograd in pieno socialismo sovietico. Se ci entravi dentro invece si trasformava magicamente in un quartiere suburbano di Bangkok. Differenze sostanziali non ce n'erano.

La residenza di Antonio Moresi era al civico 21. In un sottoscala. Quando Rocco e l'agente Parrillo scesero dall'auto, buttarono un occhio a quello che doveva essere il balcone di Moresi sotto il livello stradale. C'erano ricresciute le erbacce e a parte un cumulo di mondezza e un vecchio tavolino di plastica, altro non c'era.

«Chi state a cerca'?» urlò una vecchia che se ne stava a chiacchierare davanti al portone insieme a due donne sui 40 anni tempestate di Swarovski.

«Antonio Moresi» rispose Rocco. «Non risponde al citofono».

«Nun po' risponde» disse una delle due donne, che aveva i capelli biondi con la ricrescita legati in una coda di cavallo, «perché il citofono lo devono veni' ad aggiustare da agosto».

«Ma chi è? Quello dell'interno 1b?» intervenne l'altra donna che s'era truccata gli occhi con un ombretto viola pesante che risaltava sul pallore del viso.

«Esatto» intervenne Parrillo. «Lo conoscete?».

Le donne si guardarono. «Sì. Lo conosciamo. Ma da mo' che nun se vede in giro» fece quella bisognosa di tinta.

«Da mo' quanto?» domandò Rocco.

«E che ne so? Mica so' su madre! Che ha fatto stavolta?».

«Niente. Lo volevamo avvertire».

«Di che?» chiese la vecchia.

«Cazzi nostri» rispose Rocco gelando la curiosità delle tre parche. «Parrillo, tu resta qua». Poi si affacciò di nuovo al balcone sotto il livello stradale. Bastava poggiare un piede sul gradino di marmo, neanche un metro di salto e ci sarebbe atterrato facilmente. Nonostante la febbre, Rocco si lasciò andare.

«Ma che fa?» chiese la donna pallida.

«Il mestiere suo» rispose tranquillo Parrillo.

Una porta-finestra senza inferriate dava sul balcone. Rocco appoggiò le mani sul vetro lurido per vedere l'interno dell'appartamento. Con sorpresa l'anta si spalancò e il vicequestore entrò in casa di Antonio Moresi.

Chiamarla casa era un azzardo. Un rifugio, un covo di un'unità di al Qaeda, piuttosto. Buia come un bunker, i muri mangiati dall'umidità, scatolette di tonno a terra, un paio di siringhe e decine di foglietti di carta stagnola e pipette trasparenti, segno che il Moresi l'eroina la alternava fumandola e iniettandosela in vena. In un angolo, un materasso senza lenzuola lercio e macchiato da anni di umori corporali. La cucina era un tavolaccio di legno con sopra un bollitore e due fuochi elettrici neri di sporcizia. Bottiglie di Ceres vuote, carte di cioccolata appallottolate. Il bagno aveva i sanitari anneriti dalla ruggine, la vasca era scrostata e piena di vecchi vestiti, un asciugamano intasava il cesso. Il tutto guarnito da una puzza di muffa, funghi e merda. Sul muro dove si apriva la porta d'ingresso c'erano centinaia di piccole scritte fatte a matita, con una grafia minuta. Senza luce leggerle era un'impresa. Rocco le sfiorò. Si avvicinò alla parete per decifrarle. Sembravano poesie, versi. C'erano anche numeri, disegni di volti, animali. Rocco prese l'accendino e illuminò un pezzo di muro. «Volavi fendendo le stelle». «Portare in Pindo l'immondizia del trivio». «Hold infinity in the palm of your hand». Non avevano senso logico. Le scritte erano oblique, circolari, formavano poliedri e quadrati, ma il nesso non c'era. Rocco fece tre passi all'indietro, provò, senza nutrire molte speranze, ad accendere la luce. Infatti l'interruttore scattò a vuoto. Allora andò alla serranda dell'altra finestra, quella laterale. La tirò su. E finalmente una bava di luce illuminò il muro. E quelle scritte piccole, quasi miniature, quei numeri, quei piccoli ritratti di animali fantasiosi, assunsero tutto un altro significato: formavano un grande disegno, grande quanto la parete. Un minotauro. Un corpo gigantesco fatto di scritte e segni neri. A guardare bene le uniche cose colorate erano le corna. Enormi e ricurve erano di un rosso scuro, quasi marrone. Non ci voleva un chimico per capire che quella vernice fosse sangue.

La porta di casa era di legno, sottile. Rocco la aprì e si ritrovò nel sottoscala del palazzo. A destra c'era un varco che immetteva nello scantinato. Una luce tenue spuntava dalla porta spalancata della prima cantina. Un rumore leggero di ferraglia attirò il vicequestore. Si affacciò nella piccola stanzetta buia illuminata da una lampadina nuda da pochi watt. C'erano degli scaffali pieni di bottiglie vuote e scatole di cartone. Al centro, seduto su una vecchia sedia, un uomo sulla quarantina faceva girare la ruota di una biciclettina da bambino. Percepì la presenza di Rocco e alzò lo sguardo. «Lei chi è?» chiese.

«Vicequestore Rocco Schiavone».

L'uomo si grattò la barba: «Ah... polizia. Cercate quello dell'1b, vero?».

«Già» disse Rocco.

L'uomo fece girare la ruota della bicicletta e rimase lì ad osservarla. «Lasci stare. Qui non lo trova più. Se n'è andato da parecchio».

«Secondo lei dove lo posso trovare?».

«L'ultima volta che ci ho parlato diceva di avere una fidanzata. Rossella mi pare si chiamasse. E abitava a Ostia».

«Rossella a Ostia». Rocco scosse la testa. «Niente di più preciso?».

«Sì. So dove compra la roba. Una volta stava in crisi e mi ha chiesto di accompagnarlo. Io ho una figlia e una moglie, e gli dissi di lasciarmi perdere. Lui mi fece: Andiamo al bar dell'EUR Fermi, alla metro. Che ci metti?».

«E lei?».

«Non ci sono andato. Però lui la roba la comprava lì».

«È già qualcosa. La ringrazio, signor...?».

«Cataldo. Mi chiamo Giuseppe Cataldo». E tornò ad osservare la bicicletta. «Una volta volevo fare il poliziotto pure io. Ma poi sa com'è? Ho una figlia e una moglie».

Rocco gli sorrise. «Non s'è perso niente, mi creda».

Il viso di Giuseppe Cataldo si incupì improvvisamente. «La vuole?» disse indicando la bicicletta a Rocco. «La vendo».

«No, la ringrazio. Non saprei che farci, non ho figli».

«Neanche io» fece l'uomo.

«Ma se m'ha detto...».

«Sì, ho una moglie e una figlia. Ma è come se non ce l'avessi più. Se ne sono tornate a Perugia. E m'hanno lasciato qui. La saluto».

Rocco si allontanò lasciandolo seduto a guardare la bicicletta. Riprese le scale e risalì verso le stelle.

Le tre donne stavano ancora intorno all'agente Parrillo. Lo osservavano come fosse una creatura di un altro pianeta. Quando Rocco sbucò dal portone subito la vecchia gli chiese: «Ha trovato qualcosa?».

«Sì» rispose Rocco facendo un gesto a Parrillo che lo seguì verso l'auto.

«E cosa ha trovato?» chiese quella con la ricrescita. Rocco non rispose e salì in macchina con Parrillo. Le tre donne rimasero lì con gli occhi spenti e le braccia conserte a guardarli partire, ferme e composte come una statua di carne.

Sì, l'avevano visto spesso al bar dell'EUR Fermi, no, era da tempo che Antonio Moresi non si faceva vivo. Con quelle poche informazioni racimolate, Rocco Schiavone raggiunse l'Istituto di medicina legale all'università per incontrare l'altro figlio delle vittime, Gabriele Moresi.

Che era uno straccio. Sembrava gli avessero tolto d'improvviso tutta l'aria dal corpo e si fosse rinsecchito come un materassino alla fine della stagione. Bianco in viso, occhiaie nere e sclera degli occhi rossa. La barba di un giorno bruniva le guance. Capelli non ne aveva, se ne stava seduto su un divanetto di finta pelle nella sala d'aspetto e guardava il bicchierino del caffè vuoto che teneva fra le mani tremanti. La palpebra dell'occhio destro gli batteva istericamente. Ci passò sopra l'indice per placare quello spasmo nervoso.

«Dottor Moresi, vicequestore Schiavone...» si presentò Rocco allungandogli una Camel direttamente dal pacchetto. Gabriele fece no con la testa. «Io non ci posso credere...».

Era appena arrivato da Torino dove viveva ormai da dodici anni. Il trolley lo aveva appoggiato al muro. Sopra ci aveva lasciato il giubbotto e il cappello di lana. «Io non ci posso credere... che cazzo di Natale».

«Quant'è che non sentiva i suoi?».
Finalmente alzò lo sguardo. «Come?».
Rocco ripeté: «Da quanto non sentiva i suoi?».
«Da un po'. Sono stato molto indaffarato per il lavoro. Non ho mai avuto tempo di scendere a Roma. E ora me ne pento».
Un brivido freddo passò lungo la colonna vertebrale di Rocco. La febbre stava salendo, su questo non c'erano dubbi. «Le posso chiedere che lavoro fa?».
«Ho un'impresa. Ristrutturo appartamenti, sono architetto».
Schiavone finalmente si girò verso la doppia porta a vetri che dava sul corridoio. Uccio Pichi si avvicinò con il camice addosso. «Sono il dottor Pichi» disse a Gabriele Moresi. «Se mi vuole seguire per il riconoscimento».
Quello si girò lentamente verso l'anatomopatologo: «E mio fratello? L'avete rintracciato?».
«No. Antonio ancora non l'abbiamo trovato».
Gabriele sorrise amaro. «E quando lo trovate quel tossico di merda. Io non lo sento da tre anni». E poi chiese: «Hanno rubato?».
«Stiamo facendo i rilevamenti. La casa era un po' sottosopra. Se poi lei ci vuole dare una mano».
Gabriele annuì. «Facciamolo subito. Prima vado via da 'sta città di merda e meglio è». E insieme al dottore si incamminò verso la morgue. Rocco invece tornò indietro. Gli era venuto in mente di chiedere una tachipirina all'infermiere che aveva incrociato, ma poi pensò che in un obitorio difficilmen-

te si trovano farmaci. In un capolinea la benzina non serve più.

Alle otto di sera Furio trovò Rocco a letto sotto le coperte che tremava per il freddo. La portiera gli aveva dato un brodo da riscaldare e un po' di patate lesse. Rocco non aveva fame ma Furio non sentì ragioni. «Mo' ti bevi il brodo caldo e passa la paura. Fa bene, è di gallina, l'ha fatto la portiera» urlò dalla cucina mentre apriva gli sportelli alla ricerca di una pentola.

Rocco guardava la finestra. La vetrata che dava su Roma era buia e rifletteva la luce dell'abat-jour.

Furio entrò nella stanza con una tazza colma e fumante. «Ma non ti cucini proprio mai? Per trovare una pentola c'è voluta un'ora».

«Io mangio fuori».

«E butti il fegato». Furio si sedette sul letto. «È tiepido. Butta giù d'un fiato».

«Che roba è?».

«È il brodo della portiera con la mia modifica antivirale».

«Sarebbe?».

«Bevi e non rompere i coglioni».

Rocco si tirò su, prese la tazza e bevve il liquido giallognolo. Posò la tazza e guardò l'amico. «Che ci hai me...» non finì la frase. Una molotov di benzina gli esplose nello stomaco. «Ma porca...» il fuoco rapidamente risalì l'esofago trasformando la bocca in un forno a legna. «Ma che cazzo...». Rocco tossì, sentiva gli occhi schizzargli fuori dalle orbite. «Acqua...» implorò, ma attraverso le lacrime riusciva solo a vedere Furio che faceva «no» con la testa. «Brutta merda... ma che ci hai...».

Furio sorrideva. Gli allungò una patata lessa: «Tieni, mangia!».

Rocco, che in quel momento avrebbe ingoiato pure un serpente vivo se gli avessero detto che era utile, afferrò la patata e cominciò a masticarla.

«Manda giù».

Anche se non sentiva più la gola e i muscoli gli sembravano paralizzati dalle fiamme, Rocco eseguì. Prese la seconda patata che Furio gli allungava e masticò pure quella. Lentamente il bruciore si affievolì. Piangeva come un bambino e si sentiva labbra e lingua gonfie da non stare più in bocca.

«Mi dici che cazzo...?».

Furio tirò fuori una bustina di plastica. Dentro c'era una polvere rossa e verde. «Trinidad moruga scorpion. Solo un pizzico. È il peperoncino più potente del mondo».

«Mi brucia tutto».

«Ti dico solo che 'sta bestia ha una gradazione Scoville di un milione e mezzo. Quello calabrese arriva sì e no a 15 mila».

«Mi brucia!».

«Lo so. Ora ti bevi un litro d'acqua e tu domani febbre non ne hai più. Te lo dice Furio tuo».

Rocco non sentiva più la bocca. Anche il naso e gli occhi bruciavano mentre laggiù nello stomaco stava succedendo qualcosa di irreparabile.

«Suderai peggio della fontana di Trevi, stanotte. È l'unica per mandare via la febbre».

Se ne avesse avuto la forza Rocco gli avrebbe fatto ingoiare tutta la bustina di Trinidad moruga scorpion. «È la tua medicina omeopatica questa?».

«Me l'ha insegnata un mio amico quando stavo a Città del Messico. Avevo la febbre a 40. Il Trinidad me l'ha stroncata».

«Potevamo prima provare con l'echinacea, no?».

Furio rise. Rocco provò a rimettersi steso. Ora il bruciore dalla bocca era passato a tutto il corpo. Sentiva caldo, molto caldo.

«Bravo, stai sotto le pezze. Natale lo passiamo insieme?».

«Mi sa che Natale me lo faccio a letto, Furio».

«Cazzate. Il Trinidad stronca pure la lebbra. Ora dormi e vedrai come stai domattina».

«E tu, dove vai?».

«Appuntamento...».

«Con?».

Furio sorrise e rispose semplicemente: «Lavoro... ti saluto Seba?».

«Che avete in ballo stavolta?».

«Una cazzata. Camion di stereo giapponesi senza bolla».

«Mica farete il colpo dei finti finanzieri, no?».

«No, no. Una cosa semplice. Ce lo pigliamo e basta. Buonanotte, Rocco».

Non fu una notte. Fu un buco nero. Senza sogni e senza dolori. Quando la mattina si svegliò c'era addirittura il sole e un piccione che tubava sul davanzale della finestra. Le lenzuola erano fradice. Rocco però si sentiva discretamente. Per prima cosa si misurò la febbre. Neanche 36. Si alzò e non barcollò, neanche gli girava la testa. Fu solo dopo la doccia che capì che il peperoncino gli aveva veramente stroncato l'influenza. Per sicurezza però si prese lo stesso una tachipirina.

Seduto alla sua scrivania nella stanza del commissariato Cristoforo Colombo, Rocco si era appena acceso la canna mattutina. L'erba arrivò subito ai centri nervosi e tutto si chiarì in un istante, come un cielo che la tramontana avesse liberato con uno schiaffo dalle nuvole che lo coprivano. Suonò il telefono. «Chi scassa?».

«Dottore, sono Dobbrilla. C'è qui per lei Gabriele Moresi... il figlio di...».

«D'accordo».

«Lo faccio entrare?».

Rocco guardò la stanza piena di fumo. «Sei matta? Fa' una cosa, mandalo in sala denunce che arrivo».

«Ricevuto».

Sembrava che la notte appena passata non avesse fatto bene solo al vicequestore. Anche Gabriele aveva tutt'altro aspetto. Fresco e riposato, sbarbato, gli occhi vivi e le occhiaia sparite. Quando Rocco entrò nella stanza, si apprestava a bere il caffè della macchinetta. «Fossi in lei non lo farei» lo avvertì.

«Perché?».

«Ancora non l'abbiamo fatto analizzare».

Gabriele annusò il caffè e lo poggiò sul tavolo.

«Vorrei andare con lei a casa dei suoi genitori».

«Certo. A disposizione».

«Avevano una cameriera, che lei sappia?».

«C'era una signora che veniva ogni tanto».

«Cosa strana. I suoi sono stati uccisi più di dieci giorni fa, poi l'anatomopatologo ci dirà con precisione. E a questa cameriera, non è venuto il sospetto?».

«Effettivamente...».

«La sa una cosa? L'assassino era una persona di cui si fidavano. Niente effrazione sulla porta di casa, né sulle finestre. E loro due erano seduti davanti alla televisione, tranquilli. Insomma, se in casa ci fosse uno sconosciuto, uno non se ne starebbe lì in poltrona a guardare un film, no?».

«Questo è vero».

«Ora però io vorrei sapere cos'è che hanno rubato. C'era qualcosa di prezioso che suo padre teneva in casa?».

Gabriele rispose immediatamente. «Sì. Una cosa c'era. La collezione di orologi».

Rocco si sedette davanti a Gabriele: «Mi dica».

«Papà li ha sempre collezionati. Orologi di valore, roba costosa. Era una sua passione. Chissà se...».

«Ora andiamo a casa e vediamo. Sa anche dove li teneva?».

«Di solito in un doppio fondo di un cassettone nello studio. Difficili da trovare».

Gli orologi erano lì nel doppio fondo di un cassetto. Ancora conservati nelle scatole e negli astucci. Gabriele li mise sul tavolino mentre Rocco li osservava. Tondi, quadrati, da polso e da panciotto. Una bella collezione.

«Che lei sappia suo padre aveva un inventario?».

«Sicuro lo aveva ma non ce n'è bisogno, dottore. Io la conosco a memoria questa collezione».

«E ne manca qualcuno?».

Gabriele si passò la mano davanti alla bocca. «Certo che manca. Il più prezioso!». Prese in mano due orologi. «Vede? C'è il Cartier Tank in argento e il Cartier Vermeil del '93. Begli orologi, ma siamo sui mille euro l'uno. Quello che manca è il Ballon Bleu della collezione Cartier in oro giallo!».

«È... importante?».

«Direi... vale 40.000 euro!».

Rocco guardò gli altri orologi. «E manca solo quello?».

Gabriele li prese uno ad uno. Erano 17. Li soppesò. Poi annuì. «Sì, manca solo quello. Papà aveva 18 orologi. Chi l'ha preso sapeva del suo valore, sicuramente».

«È un pezzo unico? Voglio dire, si potrà rintracciare?».

«Non credo. Non è un pezzo unico. Chissà ora a chi è stato venduto. Purtroppo, vede? I documenti si tengono con la scatola originale. E neanche quella c'è più». Poi sibilò una parola fra i denti. Piano, quasi un soffio, ma Rocco la distinse perfettamente: «Tossico di merda...».

«Si riferisce a suo fratello?».

Gabriele guardò il vicequestore, si morse le labbra. «Lasci perdere. Non lo so. Non voglio accusare nessuno».

«Una cosa però è certa. È andato a colpo sicuro» disse Rocco guardando gli orologi.

«Non la seguo».

«Sapeva quello che voleva, l'ha trovato e l'ha preso. Altrimenti perché non portarsi via tutti gli altri orologi?».

«Vero. Questo è strano. Puntava solo a quello di valore?».

«Esatto. E puzza di gesto disperato, mi creda».

Rocco guardò Gabriele. «E suo fratello disperato lo è, non è così? L'accompagno fuori».

Attraversarono l'appartamento e salutarono i due uomini della Scientifica concentrati sul lavoro. Gabriele lanciò un'occhiata all'appartamento, alle poltrone, e gli occhi gli si inumidirono. Poi tirò dritto. Fuori, sul pianerottolo, si tolsero le soprascarpe di plastica.

«Dobbiamo trovare suo fratello» fece Rocco. Gabriele alzò le spalle. «E dopo che lo avete trovato? Ormai le cose sono andate. Dovrò occuparmi del funerale. E pure sotto Natale».

«Faccia scendere sua moglie da Torino».

«Mi sa di sì. Anche perché Carlotta, mia figlia, i nonni li vorrà salutare. Dovevano salire loro su da me...» e scoppiò a piangere. Rocco gli mise una mano intorno alla spalla e insieme andarono verso l'ascensore.

«Che je devo di', signor commissario?».

«Vicequestore».

Era la terza volta che Rocco correggeva Clotilde De Dominicis, una donna a forma di cubo che andava tre volte a settimana a casa dei Moresi.

«Io ci andavo lunedì, mercoledì e venerdì. Mo' venerdì so' ita pe l'urtima volta, ho bussato, non m'ha risposto nisuno».

«Aspetti, aspetti. Quale venerdì, l'ultimo?».

«No je l'ho detto. Due venerdì fa. Insomma era venerdì 12 de dicembre. Proprio... nun m'hanno risposto e io me ne so' ita a casa».

«E poi il lunedì dopo?».

«Ce so' tornata. Ma niente, niente di niente. Ho bussato e non m'hanno risposto».

«E lei?».

«Me ne so' ita a casa n'antra vorta».

«Ma non le è venuto in mente di telefonare?».

«No».

«Perché?».

«Perché ogni tanto se ne annaveno e non mi dicevano niente. Poi mi telefonavano e mi dicevano: Ines poi torna' da noi? E io tornavo. Pensavo che se n'erano annati su, a Torino dar fijo e dalla nipotina. A pensacce che invece erano morti in casa... 'na cosa che fa veni' i brividi a secco».

«Che cazzo sono i brividi a secco, signora?».

«Boh, ar paese mio così se dice. Brividi a secco. Che insomma... ecco, sarebbe come di' all'improvviso, sarebbe. 'Na cosa così».

«Che palle! Nanà! Nanà» urlava Giovanni Cosma inseguendo il suo bracco italiano che aveva preso il fugone verso la macchia più folta di Villa Ada. Sempre così faceva quel cane. Lo lasciavi libero e alla prima occasione scappava. Istinto dei cani da caccia. Giovanni cercava di inseguirlo, ma due zampe contro quattro è una partita impari. Era incazzato nero, Giovanni. Quel pomeriggio toccava a sua sorella portare giù la cagna, ma quella era innamorata, la stronza. L'aveva pregato. «Dai Giova, ho un appuntamento al bar a piazza Crati... dai, vai tu, dai, vai tu». Alla fine gli aveva pure mollato 5 euro, e Giovanni aveva dovuto lasciare la PlayStation, sbuffare, prendere il guinzaglio e far scendere Nanà a Villa Ada perché ormai la bestia non teneva più cacca e pipì. «Nanà! Nanà, porca puttana, vieni qui!». La intravide correre tra le fratte. Una freccia bianca e marrone. Correva con il naso all'insù, aveva fiutato qualcosa. Un topo, una lucertola. O forse una volpe. Pare che a Villa Ada ce ne fossero. «Un coniglio, sicuro un cazzo di coniglio!» disse Giovanni. Lui i conigli li odiava.

«È andata di là!» gli disse la signora Maria, che aveva due setter buoni e obbedienti che Giovanni le invidiava tantissimo. «Grazie, Maria» e con il guinzaglio in mano continuò a correre verso la macchia. Poi sentì l'abbaio inconfondibile di Nanà, quello acuto, quello del cane da caccia che ha stanato la preda. Giovanni già si aspettava di trovarla ai piedi di un albero, muso all'insù ad abbaiare a un povero gattino impaurito. Invece vide solo il sedere della cagna con il mozzicone di coda che andava a tremila e il resto del corpo infilato in un cespuglio. Aveva trovato qualcosa e quel qualcosa era nascosto in mezzo all'alloro. Subito Giovanni la afferrò per il collare. «E mo' ti metto il guinzaglio, Nanà!». Poi buttò un occhio nella fratta. C'erano un paio di jeans e un maglione. Anche le scarpe. E c'era qualcuno. Il corpo di un uomo. Pensò a un barbone, a Villa Ada di solito ce ne sono che ci passano la notte. Ma non si muoveva. Non dormiva perché aveva gli occhi aperti. «Signore? Signore?». Non rispondeva. Occhi gelati, bava rafferma alla bocca spalancata. «O porca puttana...» disse Giovanni a bassa voce. Poi urlò: «Aiuto! Aiutooo!».

Rocco Schiavone era tornato nell'appartamento dei coniugi Moresi. La Scientifica se n'era andata lasciando un puzzle di cartellini e evidenziatori che avevano trasformato la casa in una installazione da biennale di Venezia. Entrò nello studio del fu Gioacchino Moresi e si sedette davanti al computer. Con un colpetto di mouse richiamò la schermata. E apparve la pagina della posta della vittima. La prima e-mail che controllò fu l'ultima ricevuta, datata 13 dicembre, presumibilmente il giorno dell'omicidio. Da tale Alfio Pedretti.

«Tutto a posto per lo scambio il 18 dicembre dal notaio Inchingolo. Le farò avere quanto dovuto sul suo conto. Un saluto. Alfio Pedretti».

Per capire di cosa diavolo stessero parlando, Rocco rilesse tutte le e-mail precedenti.

Ed ecco la nota stonata. La stecca che fece saltare Rocco sulla sedia.

Una vendita. Importante. Un orologio da collezione. Vacheron Constantin Patrimony Traditionnelle Calibre 2253 in platino. Quando Rocco lesse il prezzo per poco non gli tornò la febbre. 290.000 euro. Mai avrebbe pensato che un orologio potesse costare una cifra simile. Ecco giustificata la presenza di un notaio. Cercò il Vacheron Constantin direttamente su Internet. Un orologio come tanti. Aveva il movimento a tourbillon, calendario a 48 mesi, era di platino eccetera eccetera. Cose che lo lasciavano del tutto insensibile. Ma la realtà era che costava veramente quella cifra. L'ingresso di Elena Dobbrilla che l'aveva accompagnato all'appartamento lo distolse dai suoi pensieri. «Dottore?».

«Che c'è? Che succede?».

«Hanno trovato Antonio Moresi».

«Spengo il computer e andiamo».

Elena lo fermò. «Nessuna fretta. Sta all'obitorio. Overdose. L'ha trovato un ragazzo in un cespuglio a Villa Ada».

Rocco rimase seduto a guardare il monitor.

«Le dico come la vedo?» fece Elena.

«E dimmelo».

«Il tipo ha rubato l'orologio costoso, se l'è venduto, ha comprato un sacco di eroina ed è andato in overdose. Succede».

Ma Rocco non ascoltava più. Un pensiero fisso s'era conficcato proprio in mezzo alla fronte: perché un collezionista decide di sana pianta di vendersi il suo orologio più prezioso? E trovare la risposta non era cosa semplice, dal momento che il collezionista in questione era andato fra i più già da due settimane. Doveva riaprire la e-mail di Gioacchino. Forse lì c'era la risposta.

«Mi raccomando, il puntale lo deve mettere Andrea!» urlò sua moglie dalla cucina. Alfio Pedretti era sulla scala con due palle ancora da attaccare. «Tranquilla Eliana, non lo sto mettendo» le rispose. L'albero toccava quasi il soffitto e il primario di gastroenterologia del Policlinico già immaginava la scena. Andrea, l'ultimo dei sette nipoti di tre anni portato di peso a mettere il puntale, mentre lui si andava a travestire da Babbo Natale per sistemare i regali sotto l'albero. Quest'anno ce ne sarebbero stati ancora di più perché Federico, l'ultimo figlio, con una promettente carriera ospedaliera davanti, portava finalmente a casa la nuova fidanzata. E questa volta sembrava intenzionato a fare sul serio. Quattro figli, quattro nuore, sette nipoti, lui, sua moglie e la zia Rosina che mai s'era sposata e che la notte di Natale mica la si poteva lasciare a casa da sola. Diciotto persone. Calcolando una media di quattro regali a testa, quasi un'ottantina di pacchi. Che Alfio non vedeva l'ora di mettere nel sacco di iuta e depositare ai piedi dell'albero sotto gli occhi luccicanti ed eccitati dei nipoti. L'unica nota stonata era il regalo che Alfio avrebbe voluto farsi per questo Natale. Il Vacheron Constantin, quello splendido orologio per la sua collezione cui dava la caccia da un anno. E proprio mentre attaccava la seconda palla all'ultimo ramo dell'abete, il cellulare squillò. Sul display apparve il nome Moresi-Casa. «Ah!» esclamò felice, e rispose.

«Dottor Moresi! E che fine ha fatto? Io il 18 ero dal notaio Inchingolo!». La voce all'altro capo del telefono non era quella di Gioacchino Moresi.

«Dottor Pedretti?».

«Sì, sono io...».

«Mi spiace, non sono il dottor Moresi. Sono il vicequestore Rocco Schiavone».

Il primario, sempre in piedi sulla scala, spennazzò gli occhi: «Vicequestore? Che... che succede?».

«Ho trovato il suo numero nelle e-mail di Gioacchino Moresi. Purtroppo non ho una buona notizia».

Pedretti scese lentamente dallo scaleo mentre sua moglie entrava nel salone asciugandosi le mani con un canovaccio. «Che succede Alfio?», ma lui le fece cenno di fare silenzio. «Mi... mi dica...».

Dall'altra parte la voce del poliziotto riprese. «Purtroppo il signor Moresi e sua moglie sono rimasti vittime di un brutto incidente».

«Un incidente? Ma neanche aveva la patente!» disse Alfio.

«Oddio, chi ha avuto un incidente!» sbottò Eliana mollando lo straccio per terra. Ancora una volta Alfio la invitò a calmarsi e la rassicurò facendo di no con la testa e con gli angoli della bocca piegata all'ingiù. Traduzione nel lessico famigliare – non è roba nostra.

«Non è stato un incidente d'auto. I coniugi Moresi sono stati assassinati».

A questo punto Alfio sbiancò e si sedette sul divano di pelle. La moglie accanto a lui. «Mi dici che succede?» sussurrò. Alfio, che non sopportava più la curiosità pressante della moglie, mise il vivavoce.

«Come, assassinati?».

A quella parola Eliana divenne più pallida di suo marito.

«Ha presente quando uno viene ucciso? Così» rispose Schiavone.

«Oh mio Dio... oh mio Dio...».

«So che avevate un affare in ballo».

«Sì. L'acquisto di un orologio. Un Vacheron Constantin». Alfio sudava. La moglie lo guardava perplessa. «Ma io non vorrei avere problemi, sa, sono un...».

«Lasci stare. Mi dia invece una mano. Lei è un collezionista?».

«Sì» rispose Pedretti. «E anche di una certa importanza».

«E secondo lei perché un collezionista si libera di un pezzo così prezioso?».

Pedretti sbuffò. Guardò la moglie che lo incitava a parlare: «So solo che Gioacchino voleva concludere prima di Natale. Voleva fare una sorpresa».

«Lei sa a chi?».

«No. Guardi, mi ha detto che aveva bisogno di quei soldi. Non erano per lui, Gioacchino stava bene economicamente, sa?».

«Lo immagino».

Poi al medico venne spontanea una domanda: «Dottor Schiavone, hanno sofferto?», e appena l'ebbe terminata si sentì uno scemo. Il poliziotto doveva essere persona sensibile, perché non gli rispose. Lo salutò garbatamente e chiuse la telefonata. Alfio spense il telefonino. Guardò sua moglie. «Non ci posso credere. Hanno ammazzato il signor Moresi. E pure la moglie». Elena fu percorsa da un brivido. Poi guardò suo marito. Lo baciò sulla guancia. «Dai, finisci l'albero. E stasera ce ne andiamo a cena io e te».

«Non ho fame».

Rocco, seduto alla scrivania di Gioacchino Moresi, guardò Elena Dobbrilla. «Elena, ora devo fare un'altra telefonata. Ma tu non dovresti ascoltare».

Elena annuì e silenziosa uscì dalla stanza. Rocco prese il cellulare e compose un numero. «Furio?».

«Ciao. Passata la febbre?».

«Sparita. Senti un po', chi abbiamo a Torino?».

«Famme pensa'... sì. C'è Dado. Ormai da tre anni sta lì».

«Chiamalo e chiedigli un favore».

«Ti ascolto».

Era la vigilia di Natale. Per le strade la gente dava fondo agli ultimi spicci prima di fermarsi dai parenti a mangiarsi la tredicesima in una mezz'ora. Seduto sul letto matrimoniale nella stanza 16 dell'albergo Navona, a pochi passi dall'omonima piazza, Gabriele Moresi guardava attonito la moquette azzurra, in mano una mignon di Glen Grant. Sua moglie Paola uscì in accappatoio dal bagno fumante di vapori. Vedendo il marito così prostrato si sedette accanto a lui e lo baciò. Gabriele accennò un sorriso. Poi insieme guardarono Carlotta, che se ne stava nella stanza comunicante seduta davanti alla televisione. La bambina pareva avesse sentito gli sguardi dei suoi genitori sul collo, si girò e sorrise. «Quando andiamo dai nonni?».

«Adesso andiamo» disse la madre. «Metti a posto la valigia e preparati». Paola mollò un altro bacio al marito e lo accarezzò: «Dai, amore mio...».

«Li sogno la notte. Papà, mamma. E Antonio...» fece Gabriele con la voce impastata. «Nel giro di pochi giorni ho perso tutta la famiglia. Sono rimasto solo io».

«La tua famiglia siamo noi, amore mio» disse Paola. «Io, te e Carlotta, non dimenticarlo mai».

Gabriele sorrise. Baciò sua moglie. Poi con un sorso scolò la bottiglietta.

Rocco Schiavone era in procura davanti al gip Mezzasoma. Che lo ascoltava attentamente. Il procedimento di custodia cautelare sul tavolo in mezzo a loro.

«Antonio Moresi morto di overdose non c'entra niente».

«E cosa glielo fa credere, Schiavone?».

«Un paio di cose che sono venuto a sapere. Direttamente da Torino».

«A quale questura si è rivolto?».

«Nessuna. Ho degli amici».

«Che palle» fece Mezzasoma, «mai una volta che lei faccia una cosa regolare. Perché s'è rivolto a Torino?».

«Perché l'assassino ha fatto un errore madornale».

«Cioè?».

«Non mi ha fatto il nome della cosa più preziosa che c'era in casa e che è sparita. Della quale invece lui era a conoscenza».

«Non la capisco».

«Parto dall'inizio, mi ascolti. L'impresa di Gabriele Moresi, lì c'è la soluzione. Si chiama Co.gi.me. come vede dalle carte, dodici dipendenti e un fatturato di 3 milioni di euro».

Il giudice cominciò a spulciare i documenti che Rocco aveva preparato. Meglio, che De Silvestri aveva preparato, Rocco a mala pena li aveva letti.

«Ma il nostro stava in pessime acque. Come può osservare era andato a chiedere una linea di credito a ben tre banche. E tutt'e tre gli hanno detto: bella!».

«Manteniamo questa conversazione nella nostra madre lingua?».

«Vabbè, gli hanno detto no. Ma lui aveva i creditori alle porte. E cosa ha fatto il nostro?».

«Si è rivolto a qualche cravattaro?».

«Strozzino, per amor di precisione».

Il giudice fece una smorfia.

«E lei, Schiavone, questa cosa come è venuto a saperla?».

«Amici, gliel'ho detto. Lo strozzino in questione è Gaetano Carlei. Nato a Palmi nel '67».

Il giudice annuiva.

«Ecco, magari lei quella gente non la conosce, ma se ritardi un pagamento...».

«Sì, diciamo che tendono a diventare piuttosto antipatici».

«Piuttosto. Si fuma qui?».

«Faccia pure».

Rocco si accese una sigaretta. «Ecco allora che il nostro sta inguaiato. Ha bisogno di 300.000 euro».

«Da quanto leggo è il valore dell'orologio trafugato».

«Esatto. L'assassino conosceva la presenza di quell'orologio, sapeva che Gioacchino Moresi lo teneva lì, e l'ha preso a colpo sicuro».

«Ma da quanto leggo ne manca anche un altro di orologio, un Cartier...».

«Ballon Bleu in oro giallo, valore 40.000 euro» precisò Rocco. «Ma a noi interessa quello da 300.000 euro. Gabriele non solo conosceva la collezione di suo padre, non solo ne conosceva il nascondiglio, ma ci ha fuorviato mettendo la casa sottosopra, per farci credere che ad agire fosse un disperato, piuttosto che una mente che ha già pianificato tutto. Insomma, finge un atto sconsiderato e disordinato per gettare la colpa su un disgraziato all'ultima spiaggia. E lui il disperato alla caccia di soldi ce l'ha sotto mano. Suo fratello».

«Antonio Moresi, tossicodipendente, in galera per furtarelli e detenzione di sostanze stupefacenti» disse il gip leggendo altri fogli della documentazione di Rocco.

«Nulla ci vieta di pensare che il Cartier sia finito nelle mani di Antonio, proprio da parte di Gabriele, come fosse un regalo del padre. Quello se l'è andato a vendere ai gioiellieri di Campo de' Fiori e s'è sparato tutto in vena. E questo, per il nostro, sarebbe bastato per firmare la condanna al poveraccio. La cosa che Gabriele però non ha calcolato è che il padre stava vendendo quell'orologio costosissimo, perché, a quanto ho appurato, aveva bisogno di soldi. Non certo per sé, probabilmente sapeva delle cattive acque in cui s'era cacciato il figlio».

«Fin qui può essere. Cosa le dà la sicurezza che sia stato Gabriele Moresi?».

«Per prima cosa, come le ho detto prima, lui dell'assenza di quell'orologio dalla collezione, collezione che conosce benissimo, non mi ha fatto parola. E suo padre quell'orologio lo possedeva da almeno sei anni. Secondo, la risposta che ho avuto proprio oggi, e che se lei guarda è nell'ultimo documento della cartella. Si tratta del cellulare di Gabriele».

Il giudice girò velocemente le pagine e arrivò all'ultima. «Allora, qui risulta che il cellulare del Moresi il giorno 13 di dicembre, che è il giorno dell'omicidio, si fosse attaccato alla cellula Roma Laurentino».

«E lui sosteneva di non vedere i genitori da un pezzo. Il cellulare ha fatto una sola telefonata, proprio a casa dei genitori del Moresi, e una ne ha ricevuta, anche questa dall'appartamento dei Moresi. Segno che i due erano vivi e che hanno chiamato il figlio che era a Roma. Poi guarda caso il telefonino di Gabriele il giorno dopo è di nuovo a Torino».

Il giudice annuì lentamente. «Potrebbe anche essere che fosse a Roma per affari».

«Sì, ma io allora voglio sapere con chi s'è incontrato, a che ora e perché. Se uno è a Roma per affari, non le sembra strano che in quel giorno abbia fatto una sola telefonata e ricevuto una sola telefonata? Soprattutto uno che ha un traffico medio giornaliero di una trentina di chiamate? Poi, cosa più importante, lui stesso ha affermato di non essere più venuto a Roma da un sacco di tempo».

Il giudice guardò Rocco spegnere la sigaretta nel portacenere di cristallo. Si grattò la barba, poi disse: «Mi convince. Come vuole agire?».

«Ora è a Roma, all'Hotel Navona. Con moglie e figlia».

«E allora roviniamogli il Natale» fece il giudice firmando l'atto che teneva davanti.

Gabriele Moresi guardava il suo viso nella vetrina di un bar, a una decina di metri dall'entrata dell'albergo. Era a pezzi. Il whisky che aveva bevuto in stanza gli stava rosicchiando lo stomaco. Voleva entrare e comprarsi un tramezzino, quando nella vetrina del caffè, accanto al suo viso, vide riflessa una macchina della polizia fermarsi proprio davanti all'Hotel Navona. Dall'auto scesero il vicequestore accompagnato dall'agente, la donna, quella carina col sorriso a 32 denti. Correndo entrarono in albergo. Lo stomaco di Gabriele si strizzò come uno straccio per pavimenti. Ebbe un giramento di testa e gli venne da vomitare.

Era evidente: cercavano lui.

Era finita.

Si appoggiò al muro. Il cavallo bianco di una botticella che ruminava tranquillo agitò la criniera, poi girò il testone proprio verso di lui, masticando placidamente la sua biada. Gabriele scivolò di lato. Pochi passi e si ritrovò in corso Rinascimento. Aveva un fischio nelle orecchie, penetrante come uno spillo, e sembrava che tutto intorno a lui fosse avvolto da una pellicola di plastica. I contorni delle persone e delle macchine erano sbiaditi, la strada ondulava, i palazzi avevano perso solidità.

Una gelatina in movimento. Senza accorgersene stava attraversando la strada. Il clacson di un autobus lo fece sobbalzare, mentre una voce che lo mandava a quel paese gli rintronò le orecchie. Si appoggiò al muro a prendere aria. Qualcuno aveva tolto l'ossigeno dalla città. Davanti a lui il viso di un vecchio che gli stava parlando. Non ne percepiva la voce, vedeva solo la bocca muoversi. Sembrava dicesse: «Si sente male signore?». Gabriele lo scansò e proseguì, sempre tenendo una mano sul muro, che almeno era solido ed esisteva, quello sì. Evitò una folla di gente. Ma quanta gente c'era su quel marciapiede? pensò. Un cane gli abbaiò contro, ma lo sentì a mala pena, ormai il fischio era talmente forte da coprire tutti i rumori che lo circondavano. Poi li vide: gli angeli! Sul ponte! Alti, enormi, con le loro ali di aquila che si stagliavano nel cielo. Doveva raggiungerli, doveva arrivare fino a loro. Angeli di pietra, fermi e inamovibili. Imponenti se ne stavano lì, ma non lo guardavano. Gabriele abbracciava la base di marmo con lo sguardo verso l'alto, ma quelli continuavano sprezzanti a scrutare lontano, senza abbassare la testa, senza sorridere. Gli angeli non erano lì per lui. C'era piazza San Pietro dall'altra parte, lontana. Sotto di lui invece il fiume. Sporco. Freddo. Fu allora che sentì la voce di suo padre che lo chiamava: «Gabriele... Gabriele!».

Eccolo suo padre, a pochi metri da lui. È lì a braccia aperte ad aspettarlo. In mezzo a un prato, dietro c'è la madre. Suo fratello, seduto su un plaid scozzese all'ombra di un abete, gioca con Big Jim. È il prato della casa in montagna? Sì, è quello. Le estati più belle della sua vita. «Gabriele, vieni? Vieni da papà?» dice suo padre.

Vengo papà… vengo!

Fu un attimo. I turisti raccontarono di aver visto un uomo salire sul parapetto del ponte Sant'Angelo, allargare le braccia e lasciarsi andare giù senza un urlo, con gli occhi chiusi e un sorriso sulle labbra.

Fu un attimo, ma abbastanza lungo per Toshiro Kanazaki in vacanza con la moglie a Roma da fargli immortalare con la sua Canon l'ultimo volo di quell'angelo sconosciuto.

La foto fu comprata da tre agenzie stampa e Toshiro si ripagò ampiamente le vacanze e la sua luna di miele.

Rocco aprì la porta di casa alle sette e mezza con un peso devastante sulla schiena e la voglia di farsi una doccia. Da tempo non ricordava una giornata di merda peggiore di quella. La polizia fluviale ci aveva impiegato tre ore a recuperare il corpo di Gabriele Moresi. Invece per recuperare la moglie Paola e la figlia non sarebbero bastati dieci anni. Gettò le chiavi nel cestino d'argento dell'ingresso. E subito l'occhio gli cadde sulla lettera. Ce l'aveva messa Ines prima di chiudere la portineria, era evidente. Veniva dalla questura centrale. Eccola lì. Bella, timbrata in tutta la sua ufficialità. Dentro c'era il destino di Rocco Schiavone. Gli tremavano le mani, come in una partita a poker dove hai bluffato all'apertura con una coppia e ora se non ti esce il punto perdi tutto. Perché quello Rocco stava rischiando, e lo sapeva: perdere tutto. Non la aprì. Se la riservò per dopo cena. Guardò il suo attico che si affacciava su Roma, guardò i mobili, le poltrone e i divani, la cucina nuova e intonsa che Marina aveva avuto il tempo di usare solo un paio di volte.

«Eccola, Marina, è arrivata» le dico. Lei se ne sta davanti alla finestra a guardare il cielo buio e le luci lontane dei castelli. «La apri?» mi chiede. No. Non la apro. Aspetto. Dopo cena. «Vengono gli amici?». «No, non vengono. Io questo Natale lo passo solo con te». Sorride, Marina. Si tocca i capelli come fa sempre. Ora mi vado a fare una doccia. Poi apparecchio e ci mangiamo un po' di salmone. «Ti va il salmone, Marì?». Sì, le va. Le è sempre piaciuto.

E siamo solo io e lei. Al tavolo. Che è grande, per dodici persone. Almeno quello è il numero delle sedie. Ho messo il candelabro, ho messo i piatti. Per me e per Marina. E ho stappato pure una ribolla gialla mica male. Il salmone è fresco e col burro salato è la morte sua. Ho preso pure un'insalata russa. Quand'ero piccolo mamma a Natale faceva i fritti. Carciofi. E pure mozzarelline. Per primo la pasta con le vongole e per secondo il baccalà con la polenta. Che era una cosa del nord, gliel'aveva insegnato un'amica ad Abano Terme. «Quando eri piccola che mangiavi la vigilia?» chiedo a Marina. Lei ancora non ha toccato cibo. «Pesce. Spigola» mi dice. Pesce del suo quartiere. Flaminio. Gente su, mica come noi a Trastevere col baccalà. Mi verso un po' di vino. La guardo negli occhi. «Perché non hai passato il Natale coi tuoi amici?» mi chiede. «Perché voglio stare con te». Lei scuote la testa. Io guardo il suo piatto vuoto e intonso. E il suo bicchiere riempito a metà che poi mi toccherà svuotare nel lavello.

«Dai, amore, scartiamo il regalo» mi dice. E io mi alzo. Prendo la busta che avevo lasciato sul comò dell'ingresso. Torno a tavola. Sento freddo. Forse dovrei aumentare un po' il riscaldamento. Forse è tornata un po' di febbre. Tanto vado a letto prima di mezzanotte. Mi siedo. Per aprire la busta mi aiuto con il coltello. Piano, non la voglio rovinare. Metti che faccio uno strappo proprio lì, dove c'è scritta la destinazione. Fatto. Dentro ci sono un sacco di fogli. Marina mi guarda. «Dai, leggi» mi dice.

E io leggo. Vicequestore Rocco Schiavone... eccetera... questa questura centrale visti i recenti... eccetera... eccola qui. La destinazione dove mi trasferiscono. Ci metto il pollice sopra. Aspetto. «Allora?» fa lei impaziente.

«Allora... leggo». Tolgo il pollice lentamente. C'è una sola parola, corta: Aosta.

«Aosta» le dico.

«Però...» fa Marina.

«Cazzo, è bello al nord».

«Poteva andare peggio. Ti devi comprare un po' di roba pesante».

«Non la voglio la roba pesante».

«Il loden lassù è inutile».

«Il loden lo fanno in Val Pusteria».

«Pure le Clarks sono inutili».

«Le Clarks vanno bene, sono di pelle».

Poi ci ripenso. Aosta. E chi c'è mai stato? È quasi Francia, no?

Mando giù tutta la ribolla gialla.

«Però ogni tanto torna a trovarmi» mi dice Marina.

«Amore mio, tanto lo sai che ti porto con me».

Mi guarda e non dice niente.

«M'hanno fatto proprio un bel regalo, eh, Marina?».

«Vero, proprio un bel regalo». Poi sorride, alza il bicchiere e mi dice: «Buon Natale, Rocco!».

La ruzzica de li porci

Era la mattina di giovedì 3 marzo, e per Pippo Megara stava per iniziare il lungo weekend di Carnevale, i giorni più pesanti dell'anno. Da giovedì a martedì grasso il suo locale, il «Mykonos», aveva tutte le serate prenotate. Sei feste private scalmanate. Sei giorni di lavoro senza soste. Già si vedeva a chiamare ambulanze, a sedare risse, a tornare a casa all'alba con le orecchie massacrate dalle casse dell'amplificazione e dalle urla. E se da un lato Pippo avrebbe dato un dito di una mano per essere già nella Quaresima, dall'altro sapeva perfettamente che in quei giorni il suo locale alle pendici del Monte dei Cocci avrebbe fruttato decine di migliaia di euro. E a 35 anni con una figlia in arrivo non poteva rinunciare a tutto quel ben di dio. Al momento quella che lo preoccupava di più era la serata del sabato. Il «Mykonos» era stato prenotato per una festa café y leche, caffè e latte. Ma il nome non doveva trarre in inganno. Non si trattava di un party a base di cappuccino, bensì una serata trans, dove per caffè e latte doveva intendersi il colore della pelle dei partecipanti. Brasile, Sud America, Nord Africa. Già lo sapeva. Sarebbe cominciata come un'allegra festa con samba, mambo e Brigitte Bardot-Bardot, e sarebbe finita a coltellate fra gruppi di naziskin imbucati, finti trans padri di famiglia ubriachi e pieni di testosterone e l'immancabile gruppo lesbo sulle Harley. Aveva provato ad avvertire il commissariato più vicino, ma il vicequestore, un uomo indisponente e arrogante, gli aveva risposto che uomini non ne aveva e soprattutto non era il suo mestiere fare servizio d'ordine alle feste del «Mykonos». «Ci saranno risse» aveva detto Pippo al tutore dell'ordine, ma quello scrutandolo negli occhi gli aveva risposto: «Se ha paura, eviti la festa. E soprattutto non rompa i coglioni a me».

Che stronzo! Si sentiva il padre eterno, seduto dietro la sua scrivania in un ufficio che puzzava di cannabis lontano un miglio. La polizia. Pippo non s'era mai fidato di quella gente. Forse avrebbe dovuto fare come gli aveva consigliato Marta, sua moglie, e allungare a quel bastardo di vicequestore una mazzetta, ma non se l'era sentita. C'era qualcosa negli occhi del poliziotto che lo spaventava e gli suggeriva di volare basso. Così Pippo aveva speso quasi duemila euro per assoldare dodici bestioni della palestra «San Basilio» e assicurarsi un minimo di servizio d'ordine. L'unico rischio era che i trans avrebbero potuto toccare il culo a quei macho palestrati facendo scoppiare l'inferno, ma a quell'evenienza non voleva neanche pensarci.

Parcheggiò l'auto proprio davanti al cancello del suo locale, sotto il Monte dei Cocci. Un montarozzo di una trentina di metri, uno dei cocuzzoli più strani della capitale, nato in epoca romana come discarica. Per secoli ci avevano buttato i cocci delle anfore dell'olio dal vicino porto fluviale.

Oggi invece è pieno di locali, ristoranti e pure un teatro, scavati dentro quegli antichi pezzi di vasi protetti dalla sovrintendenza della città.

Pippo infilò la chiave nella serratura del cancelletto che dava nel piccolo giardino del «Mykonos». Un patio con tavolini di legno dietro il quale si aprivano le porte di ferro e vetro che immettevano nella grotta principale. Qualcosa non andava. Due tavolini erano rovesciati e l'asta di un ombrellone era spaccata a metà.

«Che cazzo?».

Succedeva ogni tanto che dei ragazzini scavalcassero le inferriate per fare dei danni al suo e agli altri locali del Monte dei Cocci, ma tutti i proprietari pagavano più di trecento euro al mese per dei metronotte che limitassero quegli incidenti.

«Ma porca puttana...» masticò fra i denti Pippo avvicinandosi ai tavolini capovolti.

Ma dopo tre passi si bloccò. Una scarica di orrore gli aveva imbullonato le ginocchia e i peli delle braccia s'erano messi sull'attenti. Osservava lo spettacolo a pochi metri da lui, sapendo già che quell'immagine non l'avrebbe più abbandonato per il resto dei suoi giorni.

Al commissariato Cristoforo Colombo dell'EUR era una giornata come tante altre. Il vicequestore Rocco Schiavone arrivava in ufficio sempre più tardi e si occupava delle incombenze con superficialità e distrazione. La sua non era mancanza di energia, calo di potassio o ferro nel sangue. Meglio, c'era anche quell'aspetto fisiologico nel suo umore. Ma la cosa che lo faceva alzare dal letto con sempre maggior sforzo, che lo teneva la sera fra le mura del suo bellissimo attico a Monteverde, che non gli faceva più frequentare gli amici e lavare i capelli, era l'attesa del fatidico giorno in cui avrebbe lasciato Roma, destinazione Aosta. Lo aveva saputo a Natale, ma la data del trasferimento era scivolata a dopo le vacanze estive. Anche perché Rocco aveva più di due mesi e mezzo di ferie non godute. Aveva deciso che prima di affrontare i picchi alpini, se ne sarebbe andato alla fine di giugno da qualche parte da solo per restare fino ad agosto inoltrato a prendere il sole, a leggere e fumarsi un'intera piantagione di erba. A Panarea, oppure Stromboli. Se non addirittura Seychelles, non erano certo i soldi che gli mancavano per raggiungere quel paradiso tropicale e restarci a lungo. Certo lì sarebbe stato difficile trovare la maria. Ma la colonia rasta di Praslin avrebbe facilmente risolto quel problema.

Quel giovedì grasso entrò in commissariato alle dieci passate col solito passo strascicato, non salutò nessuno, si chiuse nel suo ufficio, si accese uno spino e rimase in contemplazione del soffitto coi piedi appoggiati alla scrivania. La notizia del suo trasferimento disciplinare ormai era a conoscenza di tutti. E De Silvestri, l'anziano agente suo braccio destro, Elena Dobbrilla e perfino l'agente Parrillo avevano versato una lacrima a quella notizia. Ma Rocco aveva spiegato a tutti che era meglio andare a lavorare ad Aosta che stare in una cella due per due a Rebibbia a non fare una mazza. Su questo s'erano trovati tutti d'accordo. Da Natale a quel giovedì grasso non s'era occupato di nessuna faccenda. Aveva lasciato le carte ai suoi agenti, e i casi di omicidio ai suoi viceispettori. Neanche era andato sul campo. Tanto lettere e telefonate di richiamo non lo spaventavano più. Cos'altro gli potevano fare? Aosta o entroterra sardo, Domodossola o Isernia, qualsiasi altra destinazione che non fosse Roma per lui era equivalente.

Spense lo spinello nel portacenere e decise di andarsi a fare quattro passi nel vicino viale Europa, una bella strada elegante piena di negozi.

Nel corridoio fu intercettato dall'agente Parrillo.

«Dottore?».

«Che c'è?».

«Una chiamata... una brutta storia al Testaccio».

«Parla con Ferlaino o con Cercini... insomma, trovati un ispettore e non rompermi il cazzo».

«Si tratta di omicidio, dottore».

«E allora?».

«Pare una roba efferata. Dentro al "Mykonos", il locale a Monte Testaccio».

«Ah, sì, il "Mykonos"» fece Rocco. «Il night di quello stronzetto che voleva gli facessimo le guardie del corpo».

«Esatto, Pippo Megara, è stato proprio lui a ritrovare il cadavere».

Rocco annuì silenzioso. «C'è Elena Dobbrilla?».

«No, oggi è in libertà».

«Quindi mi toccherebbe venire con te?».

L'agente Parrillo annuì. «Andiamo?».

Fu il gusto di dire in faccia a Pippo Megara che il locale doveva restare chiuso per indagini, mandandogli così a scatafascio tutte le feste carnevalesche con conseguente perdita di migliaia di euro, ad avere la meglio sulla depressione del vicequestore. «Guido io però, che tu sei una pippa».

Sotto un sole timido di inizio marzo le strade della capitale erano intasate come sempre. Al terzo semaforo Rocco Schiavone sbottò, uscì dall'auto cedendo il volante a Parrillo. «Tanto si va avanti a passo d'uomo» aveva detto.

«Vuole che metto la sirena, dotto'?».

«Ma che sei scemo? Vai avanti così. Tanto se c'è un morto non è che scappa».

Dalla fiera di Roma avevano tagliato per la Garbatella per raggiungere Testaccio direttamente dall'Ostiense. E proprio al semaforo del ponte di ferro, un uovo si spiaccicò sul parabrezza dell'auto. «Figli di...» disse Parrillo.

Rocco guardò fuori. Tre ragazzini con le felpe si divertivano a tirare uova e farina alle auto bloccate all'incrocio. «Mo' scendo e...».

«Stai fermo Parrillo, che scendi? È un uovo» lo bloccò il vicequestore.

«È un fatto di rispetto».

«Stai buono e prosegui. Siamo su un'auto blu, senza scritte, magari ci hanno scambiato per qualche assessore. Ora prendi a destra e taglia per il cimitero inglese...».

Parrillo obbedì passando con due ruote sul marciapiede.

«Io lo odio il Carnevale» fece Parrillo accelerando. «Fin da piccolo. Quando mi costringevano a vestirmi in maschera».

«Da che ti vestivi?».

«Da Zorro».

«Che tristezza. Ma ti facevi i baffetti con il tappo di sughero?» chiese Rocco.

«Sì. Pure lei?».

«Ma sei matto? A Trastevere nel Settanta se ti vestivi da Zorro a casa non tornavi».

«Perché?».

«Ai miei tempi da quelle parti non avevano il senso dell'umorismo».

«E da che si travestiva?».

«Non mi travestivo. Semplicemente correvo molto veloce. Vai che siamo arrivati».

La solita scena. Le macchine della polizia davanti all'ingresso del locale, il furgone della mortuaria, quelli della Scientifica che indossavano le tute, il capannello di curiosi e un paio di viceispettori coi Ray-Ban e la barba lunga, molto presi nel loro ruolo di tutori dell'ordine, che allontanavano le macchine mentre contemporaneamente parlavano al cellulare. Parrillo lasciò l'auto a una ventina di metri dalla recinzione del «Mykonos» mentre Rocco si avvicinava. Subito gli si parò davanti un ispettore con la barba sfatta e gli occhiali da sole, in pieno delirio di personaggio di una fiction americana. Gli poggiò la mano sul petto. «Stop! Cerca di andartene. Non lo vedi che è una scena del crimine?».

Rocco gli fissò la mano. «Levami subito la mano dal petto».

L'ispettore alzò le lenti scure degli occhiali per mostrare gli occhi a Rocco Schiavone. Cerchiati, gonfi e con la sclera rossa. Con la bocca impastata disse: «Perché sennò che fai, mezza sega?» e l'alito di whisky penetrò nelle narici di Rocco.

«Ti prendo a calci nel culo fino a casa e ti metto sotto le pezze». Con uno scatto si liberò di quella mano sul petto mentre con la sinistra colpì gli occhiali dell'ispettore che volarono per terra. L'ispettore cercò di affondare col destro, ma non fece in tempo ad alzare la mano che Rocco gliel'aveva già torta dietro la schiena. Poi gli sussurrò nell'orecchio: «Datti una calmata. Vatti a lavare la faccia e torna a casa. Sei gonfio e pieno di roba, imbecille!». Mollò la presa. L'azione fu così rapida che, a parte Parrillo che sopraggiungeva fischiettando, nessuno s'era accorto dell'accaduto. L'ispettore spennazzò gli occhi. Raccolse gli occhiali da sole, li rindossò, sorrise al vicequestore e si allontanò verso l'auto.

«Ma chi cazzo è quel deficiente?» chiese Rocco. «Lo conosci?».

«Quello è Malaguti, un poveraccio della mobile. La moglie l'ha lasciato. Beve come un cammello e ogni tanto tira pure».

Rocco annuì. Poi si girò e superando gli uomini della Scientifica entrò nel giardino del «Mykonos».

Il corpo era coperto da un lenzuolo bianco. L'anatomopatologo Spartaco Pichi detto Uccio stava rimettendo a posto le sue cose dentro la borsa di pelle. «Uelà Schiavone! Alla buon'ora!».

«Ciao Uccio. Che mi racconti?».

«Dai un'occhiata e poi ti dico».

«Brutta storia?».

«Brutta storia è un eufemismo». E si tolse uno dei due guanti di lattice facendolo schioccare.

Rocco si avvicinò al cadavere. Lentamente scoprì il lenzuolo.

Era un uomo. Anziano. Ma del viso non rimaneva più niente di antropomorfo. Una maschera gonfia di sangue e bozzi. La mascella fratturata riposava di lato. Aveva pochi denti nell'arcata superiore. Che fosse anziano lo si capiva dai pochi capelli bianchi che spuntavano dalla calotta cranica sfracellata. La camicia era zuppa di sangue come i pantaloni.

Rocco ricoprì quei resti sgualciti. Guardò Uccio. «Ha documenti addosso?».

«Macché. Niente. Ma non deve essere difficile rintracciarlo».

«Perché?».

«Il piede destro. È di legno».

Rocco buttò un occhio. Dal lenzuolo spuntavano i piedi della vittima. La scarpa destra era tre volte più grossa della sinistra.

«Secondo te quando è morto?».

«A occhio e croce stamattina presto. Non più tardi delle sei. Ma potrò essere più preciso».

«L'hanno massacrato».

«Già. Capire la causa della morte sarà un bel problema. Ha ferite d'arma da taglio sull'addome e sul petto, una anche sull'occhio sinistro. Ma non è detto che siano quelle la causa. Hai visto come è ridotta la faccia? Il cranio mezzo spappolato, e poi c'è un brutto particolare che non hai potuto vedere».

«Perché?».

«Perché sta dentro i pantaloni».

Rocco deglutì: «Che vuoi dire?».

«Gli hanno asportato il pene con un colpo preciso. Poi lo hanno rivestito».

«Mi pare che abbiamo individuato la causa della morte».

«No, c'è poco sangue laggiù. Io dico che il trofeo gliel'hanno strappato dopo che era morto. Guarda, mi ci gioco tutte e due le palle».

«Uccio, non ti sembra un'ironia fuori luogo?».

«No. A me no. Fuori luogo è questo corpo su questo patio».

Rocco prese una sigaretta e l'accese. «Infatti» concordò il vicequestore, «con tutto quello che gli hanno fatto, qui c'è troppo poco sangue. Ce l'hanno portato dopo».

«Eh già, l'ho pensato pure io. Mi sa proprio di sì. Non l'hanno ammazzato qui».

«Evirato».

«Esatto...» fece Uccio. «È la prima volta che mi capita una cosa del genere».

«Tu continua a fare lo stronzo con tua moglie e vedrai che non sarà neanche l'ultima».

Il medico si fece una bella risata.

Rocco osservò il resto dello scenario. Due tavolini rovesciati, un ombrellone spezzato e macchiato di sangue. Il resto del patio era in ordine, le sedie allineate e le casse di birra vuote impilate una sull'altra. Sopra il locale, che confinava con un ristorante e un altro night, dominava la cima del Monte dei Cocci col crocifisso di ferro piantato sopra.

Seduto dentro il «Mykonos» c'era il proprietario. Accanto a lui una ragazza sui 20 anni coi capelli biondo platino tagliati corti e vestita di nero. I jeans attillati mettevano in mostra un sedere perfetto.

«Salve» fece Rocco. «L'ha trovato lei?» gli chiese.

«Sì» rispose Pippo. «Noi ci conosciamo, vero?».

«Ci siamo visti al commissariato, sì. Mi sembra inutile dirle che il locale deve restare chiuso per i prossimi giorni». E lo guardò per spiare la reazione.

«Lo immaginavo» disse Pippo Megara annuendo e passandosi la mano sugli occhi. «Lei lo sa quanti soldi perdo?».

«Lei si rende conto che qui dentro c'è stato un omicidio?».

«Ma porca...».

Intervenne la giovane biondina dal culo perfetto. «Non si potrebbe fare uno strappo?».

«Lei chi è?».

«Lalla Romano. Lavora qui» rispose il proprietario anticipando la ragazza.

«Bene, Lalla, cos'è che mi ha chiesto?».

«Se non si potrebbe fare uno strappo».

«A cosa?».

«Lasciarci lavorare questa settimana e riprendere le indagini più tardi?».

Rocco sorrise. «Li vede quei puffi bianchi col cappuccio?» e indicò gli agenti che s'erano messi al lavoro sulla scena del crimine.

«Sì».

«Non sono puffi. Sono agenti della Scientifica. Fra un po' si mettono a raccogliere polvere, pietruzze, peli, saliva, cose che lei neanche immagina. Che mi dice? Che possiamo aprire il locale e mandare a puttane prove e indizi?» e serissimo guardò la biondina. Stava godendo nel dare quella notizia, e in realtà il suo tono di voce severo e fermo era tutto per Pippo Megara. Per lui e le sue richieste di servizio di guardiania privata alla polizia di Stato.

«Ah... sono della Scientifica. Allora mi sa di no».

«Brava» fece Rocco guardando gli agenti al lavoro, che in quel momento avevano trovato un mazzo di chiavi nella tasca della vittima e lo stavano riponendo in una busta di plastica. Un mazzo di chiavi enorme, di quelli che una volta potevano tenere in tasca i sacrestani.

«Quello che posso promettere è di accelerare il più possibile le operazioni. Ma niente di più. Vi saluto». Si girò per andarsene. Poi arrivato sulla porta a vetri tornò a guardare Pippo Megara. «Lei il cancelletto l'ha trovato chiuso o aperto?».

«Chiuso, con la catena e tre mandate, come lo avevo lasciato ieri sera».

«Grazie. Me la toglie una curiosità?».

«Se posso» rispose Pippo.

«Perché l'ha chiamato "Mykonos"? Non ha niente di greco 'sto posto».

«Perché a Mykonos c'è sempre un bel casino, discoteche, ragazzi che bevono. Insomma comunica che qui ci si sballa e ci si diverte».

«Capito».

«Lei pensa che uscirà sui giornali?» fece la ragazzina. Era troppo interessata ai destini del locale. Non poteva essere una semplice barman.

«"Il Messaggero" sicuro, dal momento che lì fuori vedo già Moriani, della nera, che prende appunti» rispose il vicequestore gettando un'occhiata in strada.

«Bene. Settimana a puttane e pure pubblicità sul giornale».

«È sempre pubblicità. Conoscendo la gente, le assicuro che faranno la fila per venire a vedere questo posto».

«Posso tornare a casa da mia moglie?» domandò Megara.

«Certo che può. E le do un consiglio. Si prenda una sbronza. Altrimenti la roba che ha visto lì fuori non se la cancella più dalla testa».

Pippo annuì convinto.

«Signor Megara, se dovessi avere bisogno di lei mi rifaccio vivo. Lei ovviamente non ha la più pallida idea di chi sia il tipo».

«Difficile a dirsi per come è ridotto. Certo dall'età che sembra avere, non è un mio cliente».

«Certo, ovvio. E lei s'è fatto un'idea del perché sia nel suo patio?».

«Nessuna, mi creda».

«Sabato facciamo una festa da paura» gli disse Seba mentre Rocco se ne stava seduto nel suo ufficio col cellulare attaccato all'orecchio.

«Seba, a me il Carnevale fa schifo».

«Sì, ma aspetta che mo' ti dico. Andiamo tutti alla villa di Stampella ad Anzio. Tutti mascherati».

«Mi viene da vomitare».

«Ma mica mascherati col costume da Zorro e Capitan Uncino. Mascherati solo in faccia, come quel film con Tom Cruise».

«E una volta che siamo lì tutti mascherati?».

«Rocco, siamo una trentina di maschi e quaranta donne. E mica donne qualsiasi. Roba forte».

«Che mi stai proponendo? Una specie di orgia?».

«Una specie».

Rocco si alzò in piedi. «Non lo so. Mi pare una cazzata».

«Ma è fichissimo» disse Seba con la voce che tremava dall'eccitazione. «Tu rimorchi una, te la porti su in stanza e non sai manco chi è».

«E metti che è tua moglie?».

Ci fu un breve silenzio. Seba stava pensando. «Adele mica è invitata».

«L'hai deciso ora?».

«L'ho deciso ora».

«Sei un cazzone, Seba. Non mi piace quest'idea. Poi lo sai, io voglio sapere con chi sto facendo l'amore. A me 'ste cose misteriose e cafone, con la maschera, non solo non mi eccitano, ma mi fanno anche un po' schifo».

«Allora non vieni?».

«Sicuro. Però grazie, Sebastiano».

Seba tirò fuori l'asso. «C'è pure la cugina di Furio».

Stava parlando di Carolina. Una che dai tempi del liceo Rocco avrebbe voluto portarsi a letto, ma non c'era mai riuscito. Poi lui aveva incontrato Marina, lei s'era sposata con un architetto e la cosa era finita lì.

«Pure lei?».

«Ah ah! Merdone! Improvvisamente che fai? Cambi idea?».

«Stai calmo, Seba. Allora facciamo così. Io ci vengo solo ad un patto».

«E dimmi un po'?».

«Che prima dell'inizio della festa te mi dici di che colore è la maschera di Carolina».

«Gliela faccio mettere rossa».

«Ma viene pure il marito?» chiese Rocco.

«No. Si sono lasciati sei mesi fa. Ti dico solo che quando le ho detto che c'eri anche tu, ha detto subito di sì».

«Allora ci vediamo lì» fece Rocco.

«Certo, merdone. A sabato».

«Un'ultima cosa. Dove cazzo la compro una maschera?».

«Te la rimedio io, tranquillo». E mise giù il telefono.

Carolina. Alta e mora, con due occhi verde bottiglia. Piccola di seno ma con un paio di cosce affusolate e la carnagione scura. Guardando fuori dalla finestra, con il ricordo di Carolina ventenne negli occhi, non si era accorto che alle sue spalle era entrato De Silvestri.

«Dottore?».

Rocco sobbalzò. «Alfredo. Dimmi, che c'è?».

«Forse una cosa che ci interessa. C'è un tipo qui che cerca il suo datore di lavoro».

«E che c'è di interessante?».

«Lo faccio entrare?».

«Se proprio devi. Prego...».

De Silvestri fece un cenno e nella stanza di Rocco entrò un ragazzo sui 30 anni. Biondo, alto e con gli occhi azzurri. Poteva sembrare uno svedese, ma il suo accento partenopeo tradì le sue origini. «Buongiorno. Mi chiamo Stefano. Stefano Curcio».

«Dimmi tutto, Stefano Curcio».

«Ma gli amici mi chiamano Chicco».

«Sì, ma io e te non siamo amici. Allora?».

Il ragazzo sorrise. Quel sorriso pieno e sincero mise Rocco di buon umore. «Lavoro in via dei Giubbonari, in un negozietto. Compriamo e rivendiamo oro».

«Sì?».

«Io sono il commesso e il negozio è di Paride Ciasullo».

«Bene. Va' avanti».

«Stamattina Paride non era al negozio».

Tutto qui. Aveva finito.

«E allora?».

«Allora? Paride ha 77 anni e da quando lavoro per lui, cioè da due anni, è sempre stato al negozio. Mai un giorno di assenza, neanche sotto le feste. E apre lui. Arriva sempre prima di me».

«Magari s'è beccato l'influenza. A 77 anni è una cosa possibile».

«È quello che pensavo. Vede, Paride abita a trecento metri dal negozio, a via delle Zoccolette. E sono andato a citofonare. Niente. Nessuna risposta. Allora mi sono fatto aprire dal vicino e insieme siamo andati a bussare. Niente».

Rocco guardò De Silvestri. «Vai avanti, Stefano».

«Bene. Allora il vicino, che è amico di Paride da sempre e ha le chiavi di casa, ha aperto. Insomma, in casa non c'era nessuno. E il letto era intonso. Segno che Paride non ci ha neanche dormito».

«Questo Paride Ciasullo ha parenti?».

«Qui a Roma no. Credo che abbia una sorella, ma sta a Milano e io non l'ho mai vista. Solo una volta ci ha parlato al telefono e hanno litigato».

«Aveva amici?».

«Guardi dotto', a parte il ragazzo del bar e i clienti, io in negozio non ho mai visto entrare un suo amico. Paride amici non ne aveva».

«Manca qualcosa in negozio?».

«E chi c'è entrato? Le chiavi ce l'ha solo Paride».

«Che pensi?» chiese Rocco a De Silvestri.

«Che forse dovremmo andare a dare un'occhiata».

«Quant'è alto Paride Ciasullo?».

Stefano detto Chicco alzò la mano fino alla sua spalla. «Più o meno così».

«Stefano, ora un mio agente ti accompagna all'Istituto di medicina legale».

«Perché?».

«A vedere se riconosci un cadavere. Anche se, a dirtela tutta, è conciato talmente male che è molto difficile capirci qualcosa».

«Dotto', se potessi evitare».

«No, non puoi. Un dettaglio, un particolare, magari i vestiti... forse possono bastare solo quelli».

«Guardi, glielo dico subito. Paride Ciasullo aveva un piede di legno. Se può bastare...».

«Basta e avanza» disse Rocco.

Avevano l'identità del cadavere.

Il negozio era a una sola vetrina, non lontano dal monte dei pegni. L'insegna era semplice e chiara: «DA PARIDE. COMPRO E VENDO ORO». Nella vetrina, protetta da una bella cancellata di ferro e ghisa, c'erano anelli, collane, spille e orecchini. Cose antiche, cose comprate a due lire da qualche disperato e rivendute a prezzo di mercato di un negozio del centro storico. Rocco s'era fatto portare le chiavi dagli agenti della Scientifica e insieme all'agente Parrillo e al giovane commesso era entrato nel negozio.

Dentro c'era un bancone con una bilancia e una serie di cassetti, tutti chiusi a chiave. Una piccola porta dava sul retro. «Lì c'è la cassaforte» disse Stefano Curcio.

«Quanto ti ci vuole per fare una verifica, Stefano?» gli chiese Rocco mentre guardava un bel servizio d'argento chiuso in una delle tre vetrine interne.

«Poco tempo. Una mezz'ora. Tutta la merce è segnata su quel quaderno verde» e indicò una rubrica poggiata sulla piccola libreria dietro la cassa. «Me la posso sbrigare in meno di una mezz'oretta».

«Ti lascio con Parrillo. Non fare cazzate, che per farmi dare il permesso in procura ci ho messo mezz'ora».

«Quali cazzate?» chiese il commesso un po' offeso.

«Mi hai capito. C'è di mezzo un morto».

«Se sta alludendo al fatto che potrei far sparire qualcosa nel negozio io...».

«Io non l'ho detto, ma tu l'hai capito. Ora se non ti dispiace, vado a fare una visita a dei miei amici qui vicino». E uscì dal negozio sotto lo sguardo adirato di Stefano Curcio.

«Stronzo...» disse quello fra i denti.

«T'ho sentito!» urlò Rocco chiudendo la porta a vetri del negozio.

«Ecco, le vuoi provare?» gli chiese la proprietaria del negozio di via dei Giubbonari.

«Anna, ma quando mai le ho provate!» rispose Rocco Schiavone rinfilando la Clark marrone nella scatola. «Non è che il piede mi cresce più, no?».

Anna sorrise. «Allora sono 120 euro».

«Sì, ma me ne dai pure un paio beige».

«Stellina a nonna tua?» chiamò Anna e si affacciò suo nipote, un ragazzo con un bel sorriso e la faccia carica di brufoli. «Me ne prendi pure un paio beige per il signor Rocco?». Il nipotino annuì e sparì dietro la porta del magazzino.

«Siccome prendo due paia, invece di 240 facciamo 220».

Anna fece una smorfia che le trasformò le rughe della faccia in solchi lunari. «Ma stiamo a Carnevale, mica sotto Natale, che te faccio il regalo?».

«Anna, lo sai tu e lo so pure io, i negozi so' mezzi vuoti. Prenditi 'sti 220 euro e stiamo in pace».

Anna sbuffò ancora. «Rocco, ma che me voi fa micca? Venti euro de sconto?».

«Lo sai quanti negozi vendono le Clarks a Roma? Centinaia».

«E allora perché non ce vai?».

«Perché sono innamorato di te da 20 anni».

Anna sorrise. «Hai sentito Franco?» gridò verso l'ufficetto che stava dietro la cassa. «Rocco s'è innamorato di me».

«Ma magari te se portasse via!» berciò la voce di Franco Limentani dal magazzino.

«Mio marito mi ama».

«Lo so».

Il nipote tornò con l'altra scatola. Anna l'aprì e controllò il contenuto. Subito il profumo di para mista alla pelle scamosciata colpì le narici di Rocco.

«Aspetta... fammi sentire» e afferrò la scatola. Si mise ad annusarla come un bracco. «Ahhh... lo senti? Dimmi un po', quali altre scarpe fanno 'st'odore?».

«A Rocco, non è che passo la giornata a sniffa' le scatole io...» e batté lo scontrino alla cassa. «Ho fatto 220 e buon Carnevale!» sorrise.

«E grazie. Ma da quando si augura buon Carnevale?». Mentre Rocco le passava il bancomat, Anna alzò la testa. «Perché dopo c'è la Quaresima, Rocco, quindi ricordamose sempre: carpe dies».

«Diem».

«Che?».

«Si dice carpe diem, Anna».

«Quello che è. Stella, non me andresti a prende un caffè a nonna tua?».

«Certo nonna!» e il ragazzo uscì dal negozio. Anna scuoteva la testa mentre premeva i tasti del pos.

«E vedi de nun fatte tira' addosso la farina».

Rocco aveva capito che Anna Pappalettera in Limentani voleva restare un paio di minuti sola con lui. Voleva sfogarsi. «Che c'è che non va Annì?» le chiese Rocco.

«... settimana prossima famo il barmizva' a mio nipote» e indicò la porta del negozio da dove il ragazzo era appena uscito, «... e quello smandrappato de mi fijo dice che nun po' torna' a casa... che sta in mezzo ai casini su a Milano... la verità? È che ci ha una, 'na mezza mignotta de su. E a mio nipote che je dico? Tu' padre nun viene che ci ha l'amante su a Milano?... Sai che smagra che fa er padre? E allora...».

Rocco digitò il pin. «Ma non ho capito, scusa... e la madre?».

«Quella da mo' che ha sgamato i movimenti. Solo sai che? Se la pija ariosa. Aspetta. Tanto a lei der fijo nun je ne frega più niente, er marito non l'ama più da anni. Sta aspetta' er momento bono e je presenta er conto. Sai a ride quando je dovrà paga' gli alimenti? Ah, ma io a mi fijo je l'ho detto: te sei infognato da solo co' 'ste du' zoccole? E da solo te la devi cava'! L'unico che me preoccupa è 'sto nipote mio...». Consegnò scontrino e ricevuta del bancomat a Rocco. Poi lo guardò e gli porse la busta. «A scola è un macello, manco una sufficienza, gli amici so' tutti marci... allora me lo so' messo a bottega. Almeno impara er mestiere».

«Hai fatto bene, Anna».

«Che de' 'sti tempi chi lo sa er futuro che ce promette?».

«Non ne parliamo del futuro Annare'... lo sai ando' me mannano?».

«Di' un po'?».

«Aosta!».

Anna rimase a bocca aperta. «Aosta? Robba da fasse veni' er marcaduco. Poi un giorno me dirai perché te sbattono via da Roma».

«Un giorno te lo dirò».

In quella rientrò il nipote con il caffè. «Che lo voleva pure lei, dotto'?» chiese a Rocco. Il vicequestore negò con la testa. Poi il ragazzo tornò in sala a servire un cliente appena entrato. Anna lo guardò con i lucciconi negli occhi. «Mi fijo e su' moje... andranno pe' l'avvocati. E 'sto nipote bello? Che fine farà?».

«Sta con nonna sua, no?» suggerì Rocco.

«Eh già. C'è sempre nonna tanto. Chi te credi che paga er barmizva'? Suo padre? Quer purciaro? Guarda, solo perché l'ho tenuto in panza nove mesi e so' sempre stata 'na santa e so che è fijo mio, ma quando ce penso mi dico: Signore mio, ma perché me l'hai mandato? Io un fijo come te volevo!» disse improvvisamente tenera, stringendo la mano di Rocco. «Tu e Marina. Quant'eravate belli... Io solo 'na coppia ho visto ar mondo mejo de me e quel becalino di mio marito. Eravate te e Marina. Ma la sorte infame non ha voluto così». Lasciò la mano di Rocco per asciugarsi una lacrima.

Rocco annuì: «Sei sempre nel mio cuore Anna...».

«E come no. Dici così e poi te vedo solo quando te sei bucato le sòle delle scarpe».

«Non è vero! Se sto qui è pure per un altro motivo».

«E so' tutt'orecchi».

«Lo conosci a Paride Ciasullo?».

«Quello che compra oro?».

«Sì».

«Lo conosco sì. Ha il negozio a cento metri da qui, da sempre. Perché?».

«L'hanno ammazzato».

«Ma per tutti... Franco?» chiamò.

«Che voi mo'?» rispose dall'ufficetto il marito.

«Vie' un po' qui».

«Che palle».

Il rumore di una sedia trascinata sul pavimento e Franco Limentani apparve in tutta la sua rotondità. Portava gli occhiali da presbite sul naso. «Sto affa' i conti, che c'è? Ciao Rocco...».

«Hai sentito? Paride... l'hanno ammazzato».

«No» fece Franco con la bocca che disegnava una «o» perfetta.

«Stanotte. L'abbiamo trovato massacrato nel giardino di un locale a Testaccio» precisò il vicequestore.

«A Testaccio? Un locale? Paride? Ma se quello alle otto se chiudeva in casa e chi s'è visto s'è visto».

«Che mi dite di lui?».

«E che ti dobbiamo di'? Niente. Stava ar negozio, lavorava e se ne tornava a casa. Hanno rubato?» disse Franco.

Rocco negò con la testa.

«Paride era la persona più tranquilla de 'sto mondo!» fece Anna. «Chi può esse stato?».

«Chi lo può dire moglie mia...» attaccò Franco. «Ognuno di noi è pieno di sorprese. Che ne sai? Magari era frocio».

«No, dimme mo' che c'entra?» fece Anna.

«E che ne sai? Quante volte si sente di' in giro che...».

«Franco, ma che sei becalino? Paride abitava a via delle Zoccolette, a cento metri da mi' cugina. E non era frocio, come dici te. Anzi. Lo sai, Rocco? Una volta se stava pure pe' sposa'!».

«E che vuol dire? Sai quanti ne conosco che...».

«A Fra'» urlò Anna, «non capisci niente. Va', torna a fa' i conti all'ufficetto».

«Nun te sopporto più!» fece Franco sorridendo.

«Ma ringrazia che ci sono io, sennò mo' stavi pe' strada a vende li stracci».

Franco baciò la moglie e come un paguro si ritirò dentro il suo ufficio.

«E che voi fa'? Franco è così... ha le sue idee».

«Insomma Anna, se ti dovesse venire in mente qualcosa, qualsiasi cosa, fammela sapere».

«E certo che... aspetta! Lo so! Myriam!».

«Chi è?».

«Chi è Myriam? Myriam Ancona! La mia vicina di casa. Sa tutto. Mo' stasera ci parlo. Quella è un'enciclopedia».

«Il mio numero ce l'hai?».

«E ce l'ho sì».

«Chiamami, anche per una cosa che magari a te non dice niente ma invece è importante». Rocco prese la busta.

«Ma ad Aosta fa freddo!» fece Anna saltando di palo in frasca.

«E allora?».

«E allora mica ci puoi andare con quelle!» e indicò le scatole delle scarpe.

«Lo dici tu, queste vanno benissimo».

«Ci nevica ad Aosta. Franco ha fatto il militare ad Alessandria e c'era più neve che erba. E Aosta è pure più su di Alessandria».

«Anna, io altre scarpe non me le compro».

«Sai le risate quando te cioncano le dita dei piedi perché te se so' congelate!».

Rocco rise. Baciò la sua vecchia amica sulla guancia ed uscì dal negozio.

Doveva andare a dare un'occhiata nell'appartamento del vecchio Paride Ciasullo.

Accompagnato da Ugo Cimarosa, il vicino amico di casa della vittima, Rocco salì i due piani su una scala a chiocciola antica e buia fino ad arrivare all'interno di Ciasullo. Ugo s'era fermato un paio di volte a riprendere fiato, i suoi quasi 80 anni non gli permettevano una tirata unica. L'appartamento era piccolo e pieno di mobili. Sui soffitti c'erano le travi a vista e i muri erano tappezzati di quadri, stampe, manifesti e disegni a matita. Regnava un ordine maniacale. Ma quell'ordine maschile, che somiglia tanto alla disciplina militare. Odore di caserma, insomma, senza la grazia né il tocco di una mano femminile. Il plaid a scacchi sull'unico divano era ripiegato e appoggiato sullo schienale, sul tavolino basso impilati dei libri d'arte accanto a due posaceneri d'argento. Una libreria a vetri conservava vecchi tomi rilegati in pelle e sulla scrivania sotto la finestra c'era tutto il necessario per scrivere lettere. In una cartella di pelle i fogli bianchi con due penne Parker poggiate accanto, le buste perfettamente allineate in un contenitore di legno, un calendario perpetuo in ottone da tavolo che segnava il mercoledì 2 marzo. Paride non aveva fatto in tempo a rinnovarlo. In un raccoglitore di metallo la corrispondenza. Niente era fuori posto.

«La lascio qui?» chiese Ugo.

Rocco si sedette alla scrivania. «Grazie. Ci metterò un po'».

Il vecchio sorrise e tornò alla porta d'ingresso. «Quando ha finito può farmi la cortesia di chiudere e portarmi giù le chiavi?».

«Senz'altro».

Ugo si asciugò una lacrima. «Povero Paride. Povero amico mio...» abbassò la testa e uscì dall'appartamento.

Non sapeva cosa stesse cercando. Cominciò con i cassetti della scrivania. Nel primo c'era materiale di cancelleria. Gomme, una spillatrice, graffette e temperamatite. Tutto in ordine e stipato in un contenitore giallo di legno. Nel secondo cassetto fatture. Luce, acqua, gas, condominio, rifiuti, tutto catalogato anno per anno. Il terzo cassetto era chiuso a chiave. Dal cassetto della cancelleria prese un cacciavite e con un piccolo movimento fra legno e ferro fece scattare la serratura. C'erano dei quaderni. Una ventina. Ognuno sulla copertina aveva segnato un anno di riferimento. Rocco prese quello più in alto, il 2011, e lo aprì. C'erano nomi e piccole cifre segnate a fianco. Quasi tutti i nomi avevano una piccola «x» rossa accanto. Tutti tranne uno. Un cognome che si ripeteva almeno sei volte con accanto svariate cifre. Il cognome era Malaguti. Le cifre variavano dai 300 euro fino ai 1.200. E mai accanto a quel cognome c'era la crocetta rossa.

«Ma che prestavi i soldi?» disse Rocco a bassa voce.

Continuò a cercare aprendo l'ultimo cassetto, il quarto. Anche lì c'erano quaderni, anche quelli avevano sul frontespizio l'anno di riferimento. Rocco aprì subito il 2011. Su ogni foglio c'era un cognome e delle piccole fotografie che ritraevano monili, anelli, spille. Sotto ogni foto una cifra che corrispondeva esattamente a quella dell'altro quaderno. Paride Ciasullo teneva un archivio maniacale di chi gli portava oggetti e delle cifre versate in corrispondenza. Malaguti aveva ben tre fogli. Pieni di fotografie. Anche lì ori e gioielleria varia, più una foto di un servizio di posate.

«Perché 'sto Malaguti non ha la crocetta rossa? Che vuol dire?» si chiese Rocco.

Doveva cercare ancora. Non poteva mancare da qualche parte una rubrica, uno schedario, un indirizzario.

Impiegò tre quarti d'ora, poi lo trovò nel posto più stupido e scontato. Accanto al telefono in camera da letto. Anche lì l'ordine di Paride Ciasullo regnava sovrano. Ogni nome con tanto di indirizzo, numero fisso e cellulare. Malaguti doveva averlo cambiato spesso. Accanto al suo nome ce n'erano ben cinque cancellati e riscritti. Rocco si segnò il numero di Malaguti e rimise a posto la rubrica sul comodino sul quale erano appoggiati due flaconi di medicinali, novalgina e En, e una scatola nuova di Diazepam. Aprì il cassetto. C'erano dei tappi per le orecchie e una fotografia. Rocco la prese. Ritraeva una donna sui 20 anni in posa davanti a una 600 multipla parcheggiata di fronte alla fontana di Trevi. Bruna, un bel sorriso e una collana di perle che lei toccava appena con le mani guantate. Una foto degli anni Sessanta, quando ancora si poteva entrare in centro storico con l'auto. Dietro la foto una dedica: «A Paride. Per sempre nel mio cuore. Clara».

«Chi è 'sta Clara, Paride?» chiese Rocco. Poi rimise a posto la foto. Sotto un paio di fazzoletti con le inziali P.C. c'era un intero portafoglio in plastica pieno di fotografie. Rocco lo prese e cominciò a sfogliarle. Dai vestiti e dalla Fiat Ritmo si capiva che erano foto degli anni Ottanta. C'era Paride quarantenne con un bel ciuffo di capelli su un prato in montagna. Accanto a lui si poteva riconoscere Clara, che con gli anni sembrava aver acquistato in bellezza e armonia.

Erano foto di una gita sulle Dolomiti. Alberi, un fiumiciattolo dove la donna si bagna i piedi. Prati con le mucche. Un paesaggio alpino al quale Rocco, tempo pochi mesi, avrebbe dovuto far l'abitudine, in forze oramai presso la questura di Aosta. Il pensiero del trasferimento lo stomacò e gli fece rigettare il contenitore di foto dentro il cassetto.

Rispose al terzo squillo. «Sì?».

«Parlo con Malaguti?» chiese Rocco seduto alla sua scrivania.

«Dipende chi lo vuole sapere» rispose quello con la voce catarrosa e strascinata.

«Vicequestore Schiavone. Polizia di Stato».

Ci fu una breve pausa. «Anche io».

«Cosa anche lei?».

«Anche io sono la polizia di Stato. Ispettore Renzo Malaguti».

«Ma sei quel Malaguti? Quello che ho incontrato oggi sotto il Monte Testaccio?».

Altra piccola pausa. «Sì, stamattina ero lì. Un omicidio. Lei però...».

«Sono quello che hai tentato di fermare e t'ha consigliato di andarti a fare un riposino».

«Ah... è lei? Mi scusi, sa, ma sono tre notti che non chiudo occhio. Mi dica... che posso fare?».

«Di che commissariato sei?».

«Trastevere».

«Quanto ci metti a venire qui all'EUR?».

«Dieci minuti. Ma c'è qualcosa che non va?».

«Non lo so. Forse me lo devi spiegare tu».

«Va bene. Arrivo subito».

«Ho cambiato idea» fece Rocco. «Vengo io. Sei a Trastevere?».

«Fino a stasera».

«Ti chiamo più tardi. Ci vediamo al bar di piazza San Cosimato, angolo via Santini, va bene?».

«Perfetto. Aspetto una sua chiamata».

«Scendi?».

«Arrivo».

Rocco Schiavone si accese una sigaretta. Il sole stava tramontando e il cielo di Roma era diventato arancione. Si appoggiò al muro del palazzo di via della Scala dove abitava Furio. Dopo neanche un minuto sentì il portone aprirsi. Furio uscì mentre si infilava un giubbotto di pelle nero. «Ciao Rocco... ci andiamo a prendere una cosa?».

Rocco annuì e a passo spedito si incamminarono verso vicolo del Bologna. «T'ha chiamato Seba? Per la festa di sabato?».

«Sì. Te ci vai?».

«Non lo so. A me 'sta cosa delle maschere me pare una cazzata».

«Vero» confermò Rocco. Davanti a loro sfrecciarono due ragazzini in motorino che veloci come fulmini riempirono due turiste ventenni di farina.

«Che teste di cazzo» fece Furio mentre le tedesche ridendo cercavano di togliersi la farina dai capelli e dagli occhi.

«Il Carnevale non ha più senso» continuò Furio. «Secondo me in Italia è un Carnevale continuo. Solo che è finto, perché in realtà stiamo in Quaresima da parecchi anni».

«E da dove ti viene 'sta botta di filosofia?» chiese Rocco.

«So' tutti travestiti, Rocco. Ormai vacci a capire chi è chi».

Si sedettero al bar in strada e ordinarono due gin tonic.

«Allora, dimmi un po'?».

«È un ispettore, commissariato Trastevere. Si chiama Malaguti. L'hai mai sentito?».

«Renzo Malaguti, come no. Una merda» disse Furio.

Il barman poggiò la guantiera con i gin tonic. «Volete pure le patatine?».

«Ah Gabrie'» disse Furio, «quant'è che mi conosci?».

«Saranno trentacinque anni».

«M'hai mai visto mangia' le patatine?».

«Che c'entra, uno po' sempre cambia'. Per esempio, Rocco qui magari le vuole».

«No, grazie, Gabrie'... va bene così».

«Allora so' dieci euro. E visto che te conosco da 35 anni, Furio, vedi de paga' subito».

Furio sorrise e pagò Gabriele che rientrò nel bar.

Rocco riprese il discorso. «Una merda? E perché?».

«Renzo Malaguti ha gli impicci. Gioca».

«E...?».

«E deve soldi a mezza Roma».

Rocco annuì. «S'è venduto tutti i gioielli di famiglia, mi sa. A tale Paride Ciasullo».

«Ciasullo, come no. Lo zoppo. Sta a bottega a Campo de' Fiori».

«Stava... l'abbiamo trovato morto».

«Ah. E c'entra Malaguti?» fece Furio.

«Questo ancora non lo so. Stava sui libri di Ciasullo però».

«Ma roba recente?».

«Da quello che ho visto io, si tratta di oggetti che ha portato a Ciasullo quest'anno».

«Quest'anno? Malaguti la roba sua da mo' che se l'è impegnata».

«Che vuoi dire?».

«Che sono almeno tre anni che va al monte. Dopo tre anni che gioca e perde, a meno che non ha un tesoro a casa, spiegami che si può ancora andare a vendere a Ciasullo».

«Tutti i suoi oggetti non erano segnati» fece Rocco.

«Spiegati meglio».

«Vedi, Ciasullo teneva un registro con i nomi della gente che gli portava oggetti da vendere o che gli vendeva direttamente. Ognuno aveva accanto una "x" rossa. L'unico che 'sta "x" rossa non l'aveva è proprio Malaguti».

Furio bevve un sorso di gin tonic, si pulì la bocca con la manica del giubbotto, poi prese il pacchetto di sigarette dalla tasca. «Tu lo sai che vuol dire?» gli chiese Rocco.

Furio annuì. «È un modo per richiamare alla memoria che so' pezzi storti».

«Tradotto?».

«Che la roba portata da Malaguti ha una provenienza illecita o dubbia. Ci scommetto che nessuno di quei preziosi sta in vetrina da Ciasullo. Controlla se vuoi, ma è così».

«Ricettazione?».

«No. Diciamo che Ciasullo non si fidava di Malaguti. Magari l'oro l'ha squagliato e le pietre l'ha vendute separate. Insomma, per non rischiare la ricettazione, molti fanno così quando sono incerti. La "x" rossa la metteva pure mio zio che aveva il banco a Governo Vecchio. Quando un pezzo è sicuro lo segnava con la "x", altrimenti lo lasciava in bianco. Era una specie di promemoria. Ciasullo teneva pure le foto degli oggetti?».

Rocco annuì.

«A posto. Allora è come ti dico io». E con una sorsata Furio finì il suo gin tonic.

«Il cliente da lei chiamato non è al momento raggiungibile». Era la terza volta che la voce educata e distaccata della compagnia telefonica rispondeva al posto dell'ispettore Malaguti. Era inutile andare a cercarlo al commissariato di Trastevere.

«De Silvestri? Sono Schiavone».

«Dica, dottore».

«Rimediami l'indirizzo dell'ispettore Renzo Malaguti, in forza al commissariato di Trastevere».

«Ci metto un attimo. Ah, ha chiamato il dottor Spartaco Pichi».

«Ti ha detto che voleva?».

«Ci ha parlato Parrillo. Ho qui l'appunto, un attimo che glielo leggo».

«Fai pure».

«Allora dice testuale: dite a Schiavone che mentre lui se ne va in giro per la città io, e io l'ha sottolineato tre volte, lavoro».

«Tutto qui?».

«No. Poi dice... aspetti che Parrillo ha una calligrafia spaventosa... allora ecco... Paride Ciasullo è morto al massimo alle tre di notte. Saluti Uccio. Basta, solo questo».

«Grazie, De Silvestri. Mandami un sms con l'indirizzo di Malaguti».

«Subito».

Quando aprì la porta dell'appartamento a Rocco Schiavone, la moglie di Renzo Malaguti non disse niente. Solo un timido sorriso e lo fece entrare. Come se si aspettasse quella visita. Barbara era una donna bassina ma dalle proporzioni perfette. E nonostante le occhiaie e i capelli in disordine, gli occhi tristi e l'angoscia dipinta sul viso, era una donna sensuale e attraente.

A Rocco venne voglia di abbracciarla e morderle quelle piccole labbra carnose.

«Sono Barbara, lei cerca Renzo, vero?».

«Vicequestore Schiavone. Esatto».

La donna con un gesto fece accomodare Rocco nel salone. Voleva essere una casa hi-tech, coi mobili bianchi e il pavimento nero. Ma troppi interventi dell'Ikea, dagli schedari in ferro ai poster attaccati alle pareti, l'avevano trasformata in una sala d'attesa di un albergo a tre stelle. Fredda e impersonale, era dominata da un televisore al plasma da 50 e passa pollici. I divani in pelle con la struttura in alluminio erano scomodi e freddi.

«Ormai ci vediamo poco. È tornato a vivere dalla madre, credo» disse la donna sedendosi di fronte a Rocco.

«Quando l'ha visto l'ultima volta?».

Barbara sorrise. «Tre ore fa».

«Ah».

«È entrato di corsa, ha preso delle cose dai suoi cassetti e se n'è andato senza salutarmi. Che cosa ha combinato?».

«Non lo so ancora. Ma ho idea che sia coinvolto in un omicidio».

Barbara sgranò gli occhi. «Omicidio? Renzo?».

«Pare. Se dovesse sentirlo o rivederlo, gli dica di non fare cazzate e di presentarsi in questura. Da me. All'EUR. Abbiamo un po' di cose da dirci».

«Omicidio...» il cervello di Barbara s'era inchiodato su quell'informazione e non riusciva ad andare avanti. «Ci mancava... io lo sapevo che prima o poi...».

«Cosa?».

«Si metteva nei guai seri. Renzo gioca. E gioca forte».

«Questo lo so».

«E s'è indebitato con brutta gente. Se la vuole sapere tutta, io non so se sta scappando da lei o da loro».

«Forse da tutti e due».

«Già...». Barbara si alzò e andò a prendersi una sigaretta dal pacchetto poggiato su un tavolo di ferro e cristallo. «Ma sa che le dico? Che questa cosa non mi riguarda più. Ho 32 anni, e se permette sono ancora in tempo per rifarmi una vita».

«Che lei sappia Renzo fa uso di sostanze stupefacenti?».

«No. Però beve. E tanto. Guardi...» con un gesto della mano indicò un carrellino pieno di bottiglie. Erano quasi tutte vuote.

«Negli ultimi tempi s'è visto con qualcuno, le ha mai parlato di un tale Ciasullo?».

«Ciasullo? No, mai. Non ne so niente».

«Se le chiedessi dov'era ieri notte, lei saprebbe dirmelo?».

«So che lavorava. Era in servizio. Il mercoledì e il venerdì ha il turno di notte».

Resort Constance Lemuria, a Praslin. Mi costa mille euro a settimana... ci sto quattro settimane, chissenefrega, quattro settimane è il minimo. Fino a fine giugno. Poi a luglio me ne vado quattro settimane qui... come si chiama? Ho perso tutti i volantini, che palle. Ma prima devo decidere come chiudere casa. Vabbè, ci penso ad agosto quando torno, magari chiedo a Seba se mi manda un paio di rumeni.

«Questa vacanza quanto ti costa?» mi chiede Marina. Sta fuori al balcone, sta innaffiando mi sa. Il vento sposta la tenda che accarezza dolce l'aria. Fuori ormai è notte. «Ma ti metti a innaffiare a quest'ora?» le dico. Non mi risponde. La raggiungo. Roma ha acceso tutte le sue luci. E c'è un'aria fresca. Sta per arrivare la primavera. «Fra

due settimane è il tuo compleanno» le dico. «Diciassette giorni» risponde Marina. Ha sempre tenuto alla precisione, lei. Il 20 marzo. Marina è nata il 20 marzo, a mezzanotte. Un secondo dopo entrava la primavera. Mi sorride con l'innaffiatoio in mano. Alza le spalle e si gira per dare l'acqua ai limoni, che sono i suoi preferiti.

Il citofono gracchiò rimbombando nell'attico deserto del vicequestore. Rocco rientrò dal terrazzo. «Chi è che scassa...?» e andò a rispondere. «Sì?».

«Vice Schiavone?».

«Chi è?».

«Sono Malaguti. Apra, per favore».

L'ispettore Renzo Malaguti era ridotto uno straccio. Puzzava di alcol e sigarette. E nonostante il sole se ne fosse andato da un pezzo, portava gli occhiali scuri.

«Dovevamo vederci oggi pomeriggio» gli disse Rocco. «Non mi piace ricevere gente a casa».

«Lo so. Mi scusi... posso?» e togliendosi i Ray-Ban entrò in casa di Rocco. Aveva gli occhi cerchiati di rosso e sotto un paio di borse da poterci mettere la spesa. I capelli non vedevano uno shampoo da almeno una settimana. Erano ricci e umidi, sembrava avesse infilato la testa nello strutto. «Come fai a sapere il mio indirizzo?».

«Al commissariato Colombo. Me l'ha detto un suo agente».

Rocco si andò a sedere al divano. Malaguti passando sbirciò i dépliant dell'agenzia di viaggi sparpagliati sul tavolo. «Ci programmiamo un bel viaggio, eh?».

«Non ci facciamo i cazzi nostri, eh?» gli rispose Rocco.

«Mi scusi, deformazione professionale».

«Ma tu sei sicuro?».

«Di cosa?».

«Della tua professione? A me tutto pari tranne che un poliziotto».

«Parla lei?».

Renzo gli sorrise, ma Rocco non rispose.

«Perché non ti sei fatto trovare?».

«Perché ho saputo. Il morto, a Monte dei Cocci... è Paride Ciasullo».

«Che tu conoscevi bene».

Renzo annuì sedendosi sul divano. I jeans sembravano sporchi di fango. Rocco pensò che l'indomani avrebbe dovuto mandare in tintoria i copricuscini. «Sì, e lei lo sa. Gli portavo in vendita un sacco di oggetti».

«Tuoi?».

Renzo alzò gli occhi e li strizzò per guardare meglio Schiavone. «Che intende?».

«Era roba tua o l'avevi presa in prestito?».

Renzo non rispose.

«Si può sapere perché sei venuto qui?».

«Perché lei è il male minore».

Rocco si alzò. Si versò un bicchiere di rum. Tornò a sedersi. Non l'offrì all'ispettore. E gli parve che quello si fosse passato veloce la lingua sulle labbra. «Vai, spiega e ti ascolto».

«Sono nei casini. Devo dei soldi a della gente che mi cerca. Paride Ciasullo mi doveva duemila euro per la merce, ma non si decideva a pagare». Rocco bevve un sorso e continuò a guardare Renzo. Quello proseguì. «Io con duemila euro avrei dato una calmata a quelli lì... almeno una decina di giorni. Poi mi sarei rifatto, lo so, e avrei onorato il debito».

Rocco continuava a stare in silenzio.

«Dovevamo vederci oggi pomeriggio con Paride. E non è venuto. Poi ho saputo dall'informativa che... sì insomma era lui il cadavere del "Mykonos"... ecco la storia».

«Tu ieri notte eri di turno?».

«Sì. Come fa a saperlo?».

«Con chi eri?».

«Con l'agente Caruso. Giulio Caruso. Lui può confermare. Abbiamo avuto una chiamata alle due sul raccordo anulare. Un barbone. Morto bruciato per scaldarsi sotto il cavalcavia di Casalotti Boccea. Guardi, lo possono confermare anche...».

Rocco lo fermò con un gesto della mano. «A chi dovevi i soldi e quanti?».

«Ventimila. A Toni Pezzella».

Toni Pezzella. Rocco sapeva benissimo chi fosse Toni Pezzella. Un paio di ristoranti a Roma, due ville a Sperlonga e controllava il traffico delle slot-machine a Roma sud e Pomezia. E quando si parlava di Pomezia e Sperlonga, il vicequestore sapeva benissimo che l'argomento era la camorra.

«Peggior creditore non te lo potevi trovare» disse svuotando il bicchiere di rum. «Toni Pezzella conosceva Paride Ciasullo?».

«No, non credo. Paride aveva il suo negozio, vendeva e comprava oro. Niente a che fare con quella gente lì».

«Ancora non mi hai detto perché sei sparito oggi pomeriggio».

Renzo Malaguti si passò le mani davanti alla faccia. «Paura. Volevo scappare. Ma 'ndo cazzo vado?».

«Ora dimmi i pezzi che hai portato a Ciasullo. Dove li hai presi?».

Renzo tirò su col naso. «Posso avere un goccio di rum?».

«No».

Renzo incassò la testa nel collo. «Sono i resti di una refurtiva. Li avevo intercettati in una casa a via Affogalasino. Una parte l'ho portata in questura, l'altra no. Che altro potevo fare? Mi sembrava la soluzione migliore, no?».

«Sei un cazzone, Renzo. Sei proprio un cazzone. Io i tuoi impicci non te li posso risolvere. L'unica cosa che posso fare è metterti in un posto tranquillo per un po' di tempo. Ma poi quella storia con Toni Pezzella te la devi vedere tu».

Renzo Malaguti annuì. Rocco si alzò dalla poltrona e prese il cellulare. Fece un numero.

«Seba? Sono Rocco».

«Hai cambiato idea per la festa?».

«No, ci vengo, ci vengo» lo rassicurò. «Mi serve un aiuto».

«Dimmi».

«C'è una persona. Deve stare in un posto tranquillo per un po'».

«Mandamelo. Ci penso io».

Rocco chiuse la comunicazione senza salutare il suo vecchio amico. «Ora ti do un indirizzo» fece a Renzo. «Tu ci vai. Si chiama Sebastiano e a te ci penserà lui». Poi si avvicinò alle bottiglie. Riempì un bicchiere di rum e lo passò a Renzo. «Tieni. Alla salute. Sei proprio un cazzone, Renzo».

L'ispettore afferrò il bicchiere e lo tracannò in un sorso.

S'era fatto accompagnare dal dottor Maurizio Careddu, della sovrintendenza. Un uomo sulla quarantina, brizzolato, con la faccia onesta. Aveva le chiavi di tutti i cancelli per accedere sulla sommità del Monte dei Cocci.

«Il vero nome è Mons Testaceum, perché i cocci in latino si chiamano testae. È da qui che prende nome il quartiere, Testaccio» fece il sovrintendente, che si sentiva in dovere di fare anche un po' da cicerone a Rocco Schiavone. «Vede? Sono tutti vasi per l'olio. Ognuno ha impresso il marchio dell'importatore, la provenienza... a volerli studiare tutti si potrebbero scoprire molte cose interessanti sulla vita dell'antica Roma...».

Erano arrivati alla sommità, proprio accanto all'enorme crocifisso di ferro. «Qui nel medioevo inscenavano il Golgota... con la salita di Gesù con la croce e tutto il resto...».

Rocco si era chinato a terra. Fra i cocci e l'erba c'erano evidenti macchie di sangue.

«Oh porca...» fece Careddu. Rocco guardò verso il basso. Laggiù c'era il «Mykonos» e tre agenti della Scientifica chini al lavoro. Fischiò alla pecorara e quelli alzarono la testa. «Venite su. Qui! Sbrigatevi!» urlò il vicequestore. Due agenti si mossero immediatamente. «Si passa da dietro!» gli indicò Rocco.

«Quanto sangue...» fece il sovrintendente.

«L'ha ammazzato qui. E poi l'ha buttato di sotto» fece Rocco. «Ma perché?».

Maurizio Careddu si allontanò da quella macchia di sangue. «Buttare uno giù da Monte Testaccio...». Il sovrintendente si morse le labbra. «Che strana coincidenza».

«Cosa?».

«Lo sa? Nel medioevo facevano un rito. Si chiamava la ruzzica de li porci, il rotolamento dei maiali. Da qui sopra gettavano maiali alla popolazione che li rincorreva e poi li uccideva e se li mangiava».

«Bella festa! E quand'è che la facevano?».

«A Carnevale».

«Non è una coincidenza, dottor Careddu» fece Rocco. «Anzi, la cosa è voluta. E ci spiega un paio di cose».

«E cioè?».

«La prima, il perché lo hanno evirato. La seconda, che qui i soldi non c'entrano niente. Questo è un delitto passionale. A Paride gli hanno fatto fare "la ruzzica de li porci", perché per l'assassino Paride è un porco. Un maiale, capisce? Questo è un messaggio che ci hanno lasciato. Una firma. E sa cosa vuol dire anche?».

Careddu guardava il vicequestore con gli occhi sgranati. «No...».

«Che all'assassino non gliene frega niente di essere preso. Anzi... s'è vendicato e vuole far sapere a tutti che l'ha fatto».

«Come guidi bene Elena» fece Rocco stravaccato sul sedile dell'auto mentre l'agente Elena Dobbrilla percorreva via Arenula. «Niente a che vedere con le curve e gli strattoni di Parrillo. Mi sei mancata».

Elena sorrise e per tutta risposta mise la terza e scattò verso largo Argentina. Ancora due piccole strade e finalmente l'auto inchiodò davanti al negozio di scarpe di Anna Limentani. «Lasciala pure in mezzo alla strada, Elena, tranquilla» disse Rocco scendendo, ed entrò nel negozio.

«Hai capito che m'ha detto Myriam ieri sera?».

«Anna, ripeti, Elena, ascolta pure te».

Anna prese un respiro. «Mo' devi sape' che 'sto bon'omo de Paride Ciasullo tanti anni fa ha avuto la sua storia d'amore».

«Fammi indovina'? Una certa Clara?».

«Bravo! Clara Petacci».

«Davvero?».

«Sì, ma nun è parente. È che su' padre era un nostalgico, e se chiamava Petacci. Vabbè chissenefrega, no? Allora 'sta Clara insomma è stata parecchio co' Paride Ciasullo. Almeno un par d'anni. Poi Dio se l'è chiamata a sé e Paride da allora... niente più».

Il nipote di Anna si affacciò alla cassa in quel momento. «Nonna? Mo' nun c'è nessuno. Posso anda' a fa' un giro co' due amici miei?».

«Un'ora e torni, che poi annamo a pranzo. Fai tardi e te do uno sgrugnone!». Il giovane sorridendo sparì. «Bello a nonna sua, ha sgropponato tutta la mattina, un giretto se lo merita, no? Che stavamo addi'?».

«Di questa Clara Petacci. D'accordo, Paride aveva un amore, però stiamo punto e accapo» disse Rocco.

«No, perché non sai tutto. L'amica mia Myriam m'ha detto una cosa che m'ha fatto attizza' le recchie. Ecco perché t'ho chiamato».

«E cioè?».

«Che 'sta Clara Petacci era un amore proibito».

«In che senso?».

«Era la donna di Tullio Sorrentino».

Rocco cominciò a cercare nelle pieghe della memoria, ma quel nome non gli diceva niente.

«Tu sei troppo giovenotto per ricordatte... Sorrentino era n'erbaja, uno stinco de santo. Comannava lui fino a metà dell'anni Settanta ar Pigneto e Prenestina».

«E poi?».

«E poi voi de la madama l'avete crocifisso pe' l'omicidio de' un tale notaio e sua moglie, e quello s'è preso tre ergastoli. Myriam che ci ha la testa un po' ingarbujata, capirai fijo mio, a giugno fa 88 anni, nun è che se ricorda bene... però m'ha detto che poteva essere l'anno che l'Italia ha vinto i mondiali».

«L'82» fece Elena.

«Brava fija, l'82. Quando Tullio andò a piggione dalla Stato».

«E mentre stava dentro, Paride ha fatto visita a casa sua» disse Rocco.

«E gli ha soffiato Clara Petacci. Che storia» concluse Elena.

De Silvestri fu rapido e preciso, come sempre. L'ultima residenza conosciuta del Sorrentino era a Garbatella, a viale Massaia.

«Spiegami bene, Alfredo» gli disse Rocco mentre fumava una sigaretta seduto alla sua scrivania.

«Allora, il Sorrentino è uscito da Rebibbia a febbraio di quest'anno. Gli hanno abbonato un po' di pena. Poi in realtà ha fatto dentro e fuori con l'ospedale. Non sta bene. Qui sulla cartella risulta cardiopatico. Ma parecchio. Addirittura un paio di valvole da sostituire».

«E che è, una Fiat?» disse Rocco mentre con un riflesso condizionato spegneva subito la sigaretta nel portacenere. «A febbraio mi dici?».

«Così è scritto qui».

«Qual è l'ultima residenza conosciuta?».

«A Garbatella, viale Massaia 27».

Con poche speranze di trovarlo, Rocco e Elena in meno di venti minuti erano già davanti al portone del civico 27. Ma non c'era il cognome «Sorrentino» sul citofono.

«Chi state a cerca'?» berciò una vecchia dalla finestra del primo piano.

«Sorrentino».

«Chi?».

«Tullio Sorrentino».

«Ah, allora dovete citofona' a Alessandroni. È er cognome della madre buonanima. Ma nun ce lo trovate. Ho saputo che quer fijo de 'na mignotta ieri l'hanno ricoverato. Speriamo che Dio se lo pija, una volta buona. M'ha pure avvelenato i gatti, lo possino ceca'!».

«Ricoverato dove?».

«A qualche Santo» fece la vecchia.

«Sant'Eugenio?».

«No, no».

«Santo Spirito?».

«Nemmanco».

«A signo', io i Santi ospedalieri l'ho finiti» sbottò Rocco.

«Sant'Andrea?» chiese Elena.

«Brava fija. Proprio lì. Sant'Andrea!».

Elena guidava a 120 all'ora sul grande raccordo anulare. Superava macchine e furgoni lampando con gli abbaglianti. «Una vendetta?».

«Una storia vecchia quanto il mondo, Elena. L'ha rotolato giù come un maiale a Carnevale, l'ha evirato… cos'altro ci deve dire? Fesso io che non l'avevo capito subito».

Accompagnati dal medico, arrivarono alla terapia intensiva. Dietro un vetro c'erano tre letti. Su quello centrale c'era un uomo anziano e magro, nel braccio destro una flebo e la mascherina per l'ossigeno sul volto.

«Eccolo, dottor Schiavone...» fece il cardiologo di turno. «È quello sul letto centrale».

Rocco, Elena e il medico guardavano attraverso il vetro. «Lui ci può vedere?» chiese Rocco.

«Certo. Anche se sta combinato male. L'hanno portato qui ieri notte. Infarto. In più ha il cuore più malandato che abbia visto».

«Lo operate?».

Il dottore guardò Rocco. «Difficile. Ha il sangue scoagulato, aritmia e la pressione peggio di una montagna russa».

«Quindi?».

«Quindi magari ci proveremo, ma le dico cosa penso?».

«Se le va».

«Neanche una su cento che ce la fa. È già un miracolo che sia ancora vivo».

Proprio in quel momento Tullio Sorrentino aprì gli occhi. Il suo sguardo si fermò prima su Rocco Schiavone, poi sulla divisa di Elena Dobbrilla. Sorrise. Lentamente alzò la mano sinistra. Tirò su due dita, sembrava stesse facendo il segno della vittoria, la famosa «vu» degli inglesi. Invece cominciò a unire indice e medio ripetutamente, come a mimare un paio di forbici. E scoppiò a ridere.

«Che sta facendo? Che significa? Che sta tagliando?» chiese il medico.

«È un messaggio per noi, dottore. Ed è meglio che non le dica cos'è che ha tagliato. Se ce la dovesse fare dopo l'operazione, la prego di chiamarmi. Quel sacco di merda ha ucciso un uomo».

Tullio Sorrentino al di là del vetro continuava a sorridere e a fare il gesto delle forbici.

«Gli vorrei mettere le mani addosso» mormorò Rocco.

Il medico lo osservò. «Lasci perdere. Tanto dove sta andando è sicuramente peggio di qualsiasi condanna gli possa infliggere un tribunale, no?».

«Su questo ha ragione, dottore. Pienamente ragione». Girò le spalle e lasciò il vetro della terapia intensiva. Elena lo seguì subito dopo.

Scendendo le scale l'agente Dobbrilla si avvicinò a Rocco. «Una cosa strana...» disse. «Sono stata ieri in un ospedale, e come oggi stavo dietro ad un vetro, ma per vedere il figlio di mia sorella appena nato».

«E oggi hai visto uno che se ne sta andando. Capito, Elena? L'ospedale è tipo un aeroporto. Aerei che decollano e altri che atterrano».

«È una bella immagine».

«Dici? Ricordati di chiamare il "Mykonos" e di' a quel povero disgraziato che può riaprire. Tiene famiglia pure lui».

E senza aggiungere altro tornarono al commissariato Colombo.

«Se voce quiser, vou lhe mostrar Bahia de caetano nossa gente boa heee meu amigo Charlie...».

La voce dello stereo era talmente potente da arrivare fino nel giardino che circondava la villa di Stampella. Era una serata umida, e il fiato riempiva l'aria di nuvolette di fumo.

Rocco si avvicinò a Sebastiano che se ne stava sotto il portico. Indossava una maschera che a stento ci stava su quel faccione da orso pieno di capelli ricci e indomabili. «E secondo te non ti riconosce nessuno?» gli chiese Rocco.

Sebastiano non gli rispose. Gli allungò una mascherina nera. «Tieni, indossala, così entriamo».

«Mi sento un coglione».

«E divertiti una volta, porca miseria!».

«Heeee meu amigo Charlie Brown, Charlie Brown... se voce quiser vou lhe mostrar...».

«Se entro e stanno facendo il trenino, giuro che me ne vado».

«Tranquillo. Entra pure, io aspetto Furio».

«Senti un po', Carolina?».

«È già arrivata. È dentro».

«Maschera rossa?».

«Come il fuoco e la passione. Vai! Ah, aspetta, per quell'ispettore che m'hai mandato...».

«Renzo Malaguti... be'?».

«Glielo dici te che Tony Pezzella e i suoi stanno al gabbio col 41 bis?».

Rocco sorrise. «No, fallo cacare ancora un po' sotto. E poi lascialo andare».

«Perché?».

«Perché io andrò ad Aosta, e avere un creditore in polizia, ti farà sempre comodo».

«Giusto. Un paio di giorni e glielo dico».

Rocco si mise la maschera e fece per entrare. «Rossa?».

«Rossa».

Dentro, la musica era assordante e le luci accecanti. Rocco affidò il loden a una mascherina che faceva da guardarobiera. Lasciò l'ingresso ed entrò nel salone.

C'erano una sessantina di persone intorno al tavolo dei rinfreschi. Camerieri che servivano da bere da una parte, dall'altra invece c'era da mangiare per un esercito. Rocco si guardò intorno per cercare la maschera rossa di Carolina.

E con orrore si accorse che tutte le donne invitate ne indossavano una. Tutte rosse con i brillantini e le piume.

«Ma porca...» disse fra i denti.

Carolina poteva essere quella col vestito azzurro luccicante, oppure quella con la minigonna verde. O anche quella cicciona con i pantaloni a zampa d'elefante.

«Piaciuto scherzetto?». Era Sebastiano che era arrivato alle sue spalle insieme a Furio. Tutti e due mascherati ridevano come scemi.

«Sei un coglione, Seba!».

«E fattela 'na risata».

«Come la trovo io a Carolina?».

«Eccheccazzo!» disse Furio. «Sei un vicequestore e non sei capace di trovare una donna in mezzo a una festa? Mi deludi Rocco. Mi deludi!».

«He... Meu amigo Charlie Brown!».

E puntuale come le tasse, il trenino passò accanto ai tre e si portò via Sebastiano e Furio. «E fattela 'na risata!» gli urlarono mentre avvinghiati come koala se ne andavano in giro per il salone.

Rocco sorrise. Poi lentamente si avvicinò al tavolo dei liquori. Per entrare nella festa gli servivano almeno tre bicchieri di rum. Doveva perdere coscienza, dimenticarsi chi era, parlare come se non fosse lui e soltanto allora, senza più maschere e armature, avrebbe potuto farsi una bella, lunga, grassa risata.

Rocco va in vacanza

«Si avvisano i signori passeggeri che fra poco daremo inizio all'imbarco per il volo KK 243 per Marsiglia...».

Rocco si alzò dalla poltroncina di pelle e buttò un'occhiata alla fila che si andava già formando davanti al gate 15 D, quello per Marsiglia, la sua destinazione. C'erano già un'ottantina di persone in piedi, in attesa di farsi strappare la carta d'imbarco dalla hostess. Era un interrogativo al quale non era ancora riuscito a dare una risposta: perché la gente alla prima chiamata per l'imbarco si ammucchiava disordinatamente di fronte al gate ancora chiuso, pronta a farsi una fila di mezz'ora? Qual era il rischio che si correva a salire per ultimi sul velivolo? Nessuno si sarebbe appropriato dei loro posti. Il 7 C, il 24 A stavano lì ad attendere il sedere del legittimo proprietario, quindi perché sottoporsi a quella tortura? Se a questo poi si aggiungeva che invece del comodo corridoio a gomito per salire sull'aereo ai passeggeri del volo per Marsiglia sarebbe toccato il penoso bus, la fretta era ancora meno giustificata. Tanto primo o ultimo a passare il controllo, sempre su quell'autobus di merda che attraversava mezzo aeroporto ci dovevi finire, pensava Rocco. Era per il bagagliaio? Arrivare troppo tardi a prendere posto significava non trovare spazio per il trolley sulla cappelliera? Anche quello lo riteneva un falso problema. Bastava allungarlo alla hostess e dire «Ci pensi lei, qui non c'è posto!» e la stessa hostess gentile se ne sarebbe occupata per riconsegnarlo al momento dell'atterraggio. No, proprio non riusciva a capirlo. E allora, visto che la fila invece di diminuire andava ingrossandosi e il cancello del gate era ancora chiuso, il vicequestore tornò a sedersi sulla poltroncina di pelle davanti a un monitor al plasma che trasmetteva le temperature nel mondo. 28 luglio. A Berlino si prevedevano 24 gradi. Ad Atene 30. Marsiglia se la cavava con un discreto 29, Roma segnava 33, ma con l'aria condizionata del Leonardo da Vinci, li potevi solo immaginare. Bastava dare un'occhiata fuori dai finestroni che affacciavano sulle piste. Aria grigia e nuvole stese come una garza calda sul mondo.

La meta di Rocco Schiavone non era Marsiglia. Quella era solo una tappa. Lì avrebbe affittato una macchina per girare la Provenza. Prima di fossilizzarsi ad Aosta, città dove l'avevano esiliato i suoi superiori per un periodo «non inferiore ai quattro anni», Rocco aveva deciso di andare a dare un'occhiata a quella splendida regione del sud-est francese, il posto che lui e sua moglie avevano scelto per passare la vecchiaia. Voleva prendere il sole, fare i bagni e andare a guardare qualche casale fra il mare e la campagna. Un po' di appuntamenti al telefono se li era fatti prendere dall'agente Dobbrilla che il francese lo masticava. Poi una volta lì, con un po' di gesti, smorfie e italiano francesizzato Rocco si sarebbe fatto capire.

Il monitor era passato ad esaminare le temperature del Nord Africa. Erano molto più minacciose. Casablanca 39 gradi, Cairo riportava un allegro 43. Lui c'era stato una sola volta in Egitto, tanti anni prima, con Marina. In un bel resort sul Mar Rosso. Aveva anche fatto la motorata nel deserto e s'era cappottato spezzando la falange del dito mignolo a sua moglie. E poi aveva commesso l'errore fatale di mangiare i datteri. Mai mangiare datteri. Lo paghi per settimane a venire, questo Rocco l'aveva imparato sulla sua pelle con una dissenteria e una febbre a 38 che l'aveva inchiodato a letto per 12 giorni una volta tornato a Roma.

«Ma che ci vado a fare a Marsiglia?» si chiese Rocco.

«A vedere i colori» gli rispose sua moglie, anche se il sedile accanto era vuoto, a parte un quotidiano stropicciato e abbandonato lì. «E poi ti aspetta Aosta... ricordatelo».

Come scordarlo?

Insieme ai suoi amici Seba, Brizio e Furio avevano studiato su Internet la temperatura media di quella città. Aosta. D'inverno molto meno di zero, l'estate poco più di 15. «Te rendi conto? Vai al polo!» aveva detto Furio ridendo. Ma Rocco non ci aveva trovato niente da ridere. «Devi anna' ad Aosta a settembre, meglio che ti dai una scaldata alle ossa prima». E allora per andarsi a «*scalda' le ossa*» aveva deciso la Provenza, nonostante i suoi amici l'avessero invitato chi in Sardegna chi a Ponza. No, lui voleva la Provenza, l'aveva promesso a Marina. Anche se adesso Marina non c'era più.

Il monitor passò ad esaminare le temperature del Medio Oriente. Rocco tornò a dare un'occhiata al gate. Era ancora chiuso e la fila era sempre lì, lunga e compatta, mentre la hostess si guardava le unghie in attesa di ordini.

Avrò tempo per un caffè? Considerando quelle ciofeche che danno sull'aereo, perché no? si disse. Lasciò lo zainetto sulla poltroncina e si avvicinò al bar che era a pochi metri dal gate. Un barman sopra i 60 annoiato e con le borse sotto gli occhi puliva il banco con uno straccio umido e sporco. Sempre nello stesso punto, sempre con lo stesso gesto. Aveva la mano rossa e lo sguardo perso davanti a sé. In testa portava una visiera di carta.

«Che me lo fa un caffè?».

«Se lei me fa prima lo scontrino alla cassa» rispose quello, continuando a girare lo straccetto blu sul cristallo.

Seduta alla cassa c'era una ragazza truccata che masticava una gomma americana e giocava col cellulare. Come il barman, anche lei in testa portava una visiera con un nome scritto in mezzo: Luana. Quando Rocco si avvicinò, neanche tirò su lo sguardo.

«Luana, pago un caffè» disse Rocco.

«Non me chiamo Luana» rispose quella senza alzare gli occhi dal display.

«Così c'è scritto sulla visiera».

Alzò gli occhi al cielo. Era forse la quindicesima volta che lo ripeteva. «Luana è il nome del bar. Io me chiamo Luciana» disse con una cantilena.

«Luciana... vabbè, toglici la "ci" e sei Luana».

Finalmente la ragazza lo guardò. «Non ho capito».

«Lascia stare. Un caffè».

«Un euro e quaranta».

«Cazzo, manco al Danieli».

«Al che?».

«Lascia stare, e due». Pagò e prese lo scontrino. Luciana si rimise a trafficare con i messaggi o la chat, chissà.

Il vicequestore si voltò per andare al banco. Quasi urtò contro la rastrelliera dei giornali in esposizione. Riportavano tutti la stessa notizia: «Cominciano gli incontri del Mediterraneo». Non era un evento importante da sbattere in prima pagina ma si sa, d'estate i quotidiani cercano le notizie come un tossico una dose. Gli incontri del Mediterraneo erano una di quelle riunioni inutili dove politici di mezza tacca si davano appuntamento per discutere dell'andamento della politica e dell'economia nel Mediterraneo, appunto. Il tutto avveniva a Nizza. Sulla Costa Azzurra. In piena estate. Bastavano questi due elementi per far capire l'importanza di quel meeting. Fatelo a Isernia, pensò Rocco. Oppure a Lione. No, a fine luglio in Provenza. Una bella vacanza premio di una settimana pagata dallo Stato. Mica male.

«Me lo fa adesso un caffè?» e posò lo scontrino sul bancone.

L'uomo lentamente si girò verso la macchina e cominciò ad armeggiare coi braccetti. Il vicequestore buttò un occhio alla fila davanti al gate. Era ancora lì. Compatta, russa.

«Va in vacanza, dotto'?» disse il barman di spalle. Rocco si guardò intorno. Era solo al banco. Dunque ce l'aveva con lui. Tutto poteva aspettarsi tranne che l'apatia di quell'uomo stanco e sfiduciato potesse partorire una domanda anche se generica, un interesse di qualsiasi tipo verso un altro essere umano.

«Sì, vado in vacanza».

«Beato lei». Poi si girò con la tazzina fumante e la posò sul bancone.

«Lei niente ferie?».

«Ma non me riconosce, eh?».

Rocco scavò nella memoria. Cercò, aprì cassapanche e cassetti, ante e armadi, ma quella faccia non gli diceva niente.

«E se je dico: Tormarancia, 12 febbraio del 2009? Ufficio postale?».

Il cielo si aprì, il sole spuntò e quel viso acquistò immediatamente un nome. «Alfonso Liguori! Come va?».

L'uomo sorrise e riprese a passare lo straccio blu sul bancone di cristallo. «E come deve anna', dotto'? Lo vede pure lei. Sto qui».

«Bene, no?».

«Ah sicuro. Almeno mo' ci ho un lavoro, me calcolano la pensione. In più ferie e malattie so' pagate».

Aprile del 2009. Alfonso Liguori era entrato nell'ufficio postale a Tormarancia armato di un taglierino che teneva nascosto nella manica della giacca a vento. Aveva preso il biglietto eliminacode per effettuare un pagamento, aveva pazientemente aspettato il suo turno, poi si era avvicinato al bancone. Invece di consegnare il bollettino, che peraltro non aveva, con un gesto rapido aveva sfoderato il taglierino dalla manica del giubbotto pronunciando: «Dammi i soldi, sennò ti sgarro!». Ma l'impiegata non aveva avuto nessuna reazione. Ora, a parte l'opinabile potenza della frase scelta dal Liguori per la minaccia, la mancata reazione della donna dietro la cassa era dovuta a un fatto spiacevole, almeno per Alfonso Liguori. Il taglierino preso dall'astuccio del nipote, studente delle medie inferiori, in quel rapido gesto del polso aveva perso la lama che difatti era volata via ad un paio di metri dal bancone. L'impiegata postale s'era vista quindi minacciata da un pezzo di plastica arancione e non capiva come comportarsi. «T'ho detto dammi i soldi!» aveva ripetuto Alfonso Liguori. La donna aveva guardato la sua collega che aveva allargato le braccia. «Vuoi che ti sfregio?» e Alfonso aveva alzato minaccioso il taglierino. Solo allora si era accorto che la lama non era al suo posto. Si era cercato nelle tasche, senza trovarla, sempre sotto lo sguardo attonito delle due lavoratrici delle Poste. Poi aveva cominciato a cercare per terra.

«Ha perso qualcosa?» una vecchina con il cappello di lana in testa e una busta di plastica al braccio in fila per la pensione si interessava al problema di Alfonso. «Eh?». «Dico, ha perso qualcosa?». «S... sì». E insieme s'erano messi a cercare sul pavimento. «Se mi dice che cerchiamo, forse facciamo prima. Io ho 87 anni ma la vista è ottima, sa?».

«Che cercate?» era intervenuto un uomo sui 70. «Non lo so. Questo signore s'è perso qualcosa». «Ah. Cosa?» aveva chiesto il pensionato. «Non lo so. Non lo dice». Alfonso aveva guardato i due signori, le altre sei persone in attesa, e aveva detto: «Cerco la lama del mio taglierino». «La lama?». «Sì, pare che stia facendo una rapina» aveva precisato l'impiegata. La vecchina e il pensionato si erano guardati. «Una... rapina?». «Sì, una rapina, cazzo! Una rapina!» era sbottato Alfonso, poi come una belva si era voltato verso le impiegate delle Poste. «Tirate fuori i soldi, cazzo, oppure vi spacco la faccia!». Dal momento che la lama non s'era trovata, aveva ripiegato sulla violenza fisica. La disperazione aveva caricato di rabbia la sua voce e i suoi occhi, di solito placidi come quelli di un ruminante, erano diventati rossi e aggressivi. Le due donne s'erano spaventate, la prima aveva già messo le mani nel cassetto, l'altra invece s'era alzata gridando: «Dottore! Dottore!». Neanche tre secondi e il direttore dell'ufficio era spuntato da una porta blu. «Che succede?». Era alto un metro e un paio di barattoli e portava il codino e la mosca, neanche fosse uno dei tre moschettieri. «Una ra... rapina!» aveva balbettato la donna indicando Alfonso. Il quale, esasperato, aveva preso la rincorsa per saltare dall'altra parte del banco e fare una strage. «Aaaahhh» aveva urlato scaraventandosi come una furia verso il bancone. E se questa è un'operazione piuttosto facile da fare quando si è giovani, a 61 anni non è una passeggiata. Aveva tentato il salto ma i muscoli non avevano fatto il loro lavoro. Dopo aver battuto forte sul divisorio di ferro, era crollato a terra fra lo stupore generale. «Mi dite che cazzo succede?» aveva detto il direttore, al quale la situazione ancora non s'era chiarita.

Quando Alfonso Liguori si era svegliato, ad aspettarlo c'era il vicequestore Rocco Schiavone. Gli avevano offerto il caffè, poi Alfonso era scoppiato a piangere. Un curriculum di disoccupazione e malattia. Una tragedia esistenziale di cui non si vedeva il fondo. Il direttore D'Artagnan voleva soprassedere, Rocco non ci pensava neanche ad andare avanti con la denuncia e alla fine le otto persone in attesa di pagare i loro bollettini o esigere la pensione, avevano fatto un accordo. Cinque euro a testa e almeno la spesa Alfonso l'avrebbe potuta fare. A quei quaranta euro si erano aggiunti venti euro degli impiegati e altri trenta direttamente dal vicequestore. «Novanta euro, Alfonso. Buttali via!». Alfonso Liguori commosso aveva ringraziato ed era uscito dall'ufficio postale contando i quattrini che s'era guadagnato in una rocambolesca mattinata romana.

Il caffè era buono. Alfonso lo sapeva fare. «Grazie Alfonso. Oh, stammi bene. E continua così».

«E certo dotto', le pare? Io non finirò mai di ringraziarla».

«Devi ringraziare il taglierino di tuo nipote. Stammi bene». Tornò verso il gate. Ora la fila non c'era più.

Poteva finalmente prendere il suo bagaglio a mano e consegnare il biglietto alla hostess.

Non stava comodo. Le gambe entravano a malapena e sbatteva le ginocchia contro la poltrona davanti. Ma quello che lo impensieriva non era tanto lo spazio a disposizione quanto la sua vicina. Sopra la cinquantina, a guardarle gli occhi spiritati e le guance rinsecchite doveva avere la borsetta carica di psicofarmaci. Stava lì, fissa a osservare la pista battendo continuamente le palpebre mentre l'indice della mano destra tremava fuori controllo. Ogni 15 secondi si passava la mano sul petto ad aggiustarsi la collana. Teneva le gambe accavallate e continuava a molleggiare la destra battendo un suo ritmo interiore. Era una pila carica, pronta a esplodere energia e rotture di coglioni. Tutto il contrario del suo vicino dall'altra parte del corridoio. Sulla trentina, triplo mento, carnagione chiara e capelli corti. Portava un paio di shorts bianchi e ai piedi i sandali Birkenstock. Rideva e chiacchierava con la sua compagna, una ragazza magra e bruna. L'uomo sudava. Colpa dei troppi chili di sovrappeso che le sue ossa erano costrette a portarsi in giro.

La donna accanto al vicequestore alzò improvvisamente un braccio e aprì la valvola dell'aria condizionata. Una lama gelida colpì il collo di Rocco. La vicina si scusò con un mezzo sorriso e direzionò su di sé lo sbocco. Dopo pochi secondi, decise che era meglio chiuderlo. Ripeté l'operazione per ben quattro volte. Intanto, dalle grate sopra le cappelliere, usciva il fumo dell'aria condizionata. All'interno dell'aereo Rocco calcolò che la temperatura si aggirasse sui tre gradi sopra lo zero.

«Non è che potete abbassare un po'?» chiese all'hostess gentile, quella che gli aveva sistemato lo zainetto nella cappelliera. La ragazza sorrise: «Ma certo... effettivamente è un po' freddino». La osservò andare via. Nonostante la gonna al ginocchio la fasciasse come una seconda pelle, lì dietro non c'era niente di sostanziale da guardare. Il vicequestore, appena entrato sull'aereo, con un'occhiata rapida aveva già controllato e soppesato il personale di bordo. Tre hostess e uno steward. L'uomo l'aveva guardato a malapena. La prima hostess, quella dell'ingresso, era quella gentile. Roscetta, con gli occhi chiari, pelle spellata dal troppo sole sugli zigomi, un bel sorriso ma niente di più. Poi c'era la bruna, quella riccia, dal naso troppo grosso, e infine la più anziana, abbondantemente sopra i 40, che però era una femmina di prima classe. E ovviamente stava in coda all'aereo, lontana dal suo posto che era il 9 B.

Finalmente l'aria condizionata si placò e la sua vicina si sentì in dovere di aprire di scatto il tavolinetto. Poi lo richiuse. Lo riaprì. Lo richiuse. Controllò che il blocco di plastica girasse e riaprì il tavolino per la terza volta. Rocco non perse un movimento. Solo quando sembrò soddisfatta, richiuse per la quarta volta il pianale di plastica, si girò e sorrise a Rocco. Poi si rimise a guardare fuori.

«Signore e signori benvenuti a bordo del volo KK 243 da Roma Fiumicino diretto a Marsiglia Provenza. Il nostro decollo è previsto fra dieci minuti circa. Vi preghiamo di spegnere i cellulari...». Era partita la ridda degli annunci. Rocco non li ascoltava mai. Di solito si distraeva con la lettura della rivista di bordo oppure spingeva la faccia in un giornale. E non guardava mai la pantomima degli assistenti di volo che spiegavano come indossare maschere, scappare lungo linee luminose e gonfiare salvagenti in caso di ammaraggio. Se l'immaginava l'aereo in mezzo al mare pronto ad inabissarsi. Il panico, la gente che sveniva, vomitava, se la faceva addosso. Tutti che correvano a cazzo di cane come galline decapitate a cercare una finestra, una porta. Le urla, i pianti. Altro che gonfiare il giubbotto, togliersi le scarpe, mettere la maschera, dare la precedenza alle donne e ai bambini. Ci sarebbero stati più morti per passare avanti che affogati nelle profondità marine. La sua opinione era semplice. Se cade, cade. Tutto qui. E si rammaricava di come il suo pensiero, ogni volta che prendeva l'aereo, nonostante la quantità di voli fatti, andasse sempre a finire lì: alla disgrazia, alla caduta, all'incidente. La vicina s'era rimessa a guardare la pista. Poi allungò un dito. Toccò la plastica dell'oblò e lo ritirò. Ritoccò l'oblò di plastica altre tre volte. Poi soddisfatta si mise il mento sul palmo della mano e proseguì l'osservazione del mondo fuori dall'aereo.

Si accesero i motori e la vicina di Rocco ebbe un sussulto. «Li scaldano» la rassicurò il vicequestore. Si era sentito in dovere di tranquillizzarla. «Non è niente...». La donna sembrò soddisfatta della spiegazione e con un gesto rapido prese in mano la rivista infilata nel tascone della poltrona.

La pantomima delle hostess era finita. Passò prima quella riccia col nasone a contare i passeggeri, poi quella col sorriso gentile a controllare che tutti avessero tirato su lo schienale e allacciato le cinture di sicurezza. Cosa che la vicina di Rocco fece immediatamente. Non una, ben quattro volte. Alla fine si rimise a leggere la rivista. Ma neanche cinque secondi e ricontrollò la chiusura della cintura. Una, due, tre e...

«E quattro...» mormorò Rocco, ma la donna non lo sentì.

Le hostess, finita la conta e i controlli, sparirono dietro le tendine in testa e in coda al velivolo. Ma l'aereo, coi motori accesi, rimaneva fermo. Nessun segno di partenza imminente. Rocco guardò l'orologio. I dieci minuti erano passati, ma un minimo di ritardo era cosa normale. La vicina di Rocco decise che era arrivato il momento di controllare lo schienale della sedia. Lo tirò giù. Poi tornò su. Lo riportò ancora giù e ancora su. Ripeté l'operazione per quattro volte. Stavolta Rocco sbottò.

«Signora...» le disse. «Allora... l'aria condizionata funziona, il tavolinetto mi pare che scenda bene, il finestrino c'è ed è chiuso ermeticamente, la cintura s'aggancia a meraviglia e pure lo schienale mi pare che vada benone. Va tutto bene, stia tranquilla».

Quella lo guardò senza capire. «Lo so» rispose con una voce rauca da fumatrice. «Perché mi dice queste cose?».

«Perché da venti minuti non fa che agitarsi...».

«Io? Ma chi si agita? Io sto tranquilla seduta al mio posto, lei piuttosto...».

«Io che?».

«Lei... è ingombrante e m'ha preso il bracciolo».

Rocco guardò alla sua sinistra. Era vero, aveva il gomito poggiato sul bracciolo in comune con la tipa. Ritirò sorridendo il braccio. «Ecco, è tutto suo».

La donna lo occupò immediatamente. «Grazie!» disse piccata.

«Prego» rispose Rocco.

Cambiare posto gli sembrò l'unica soluzione praticabile e divenne un imperativo categorico nel suo cervello. Una fila più indietro ce n'erano addirittura due senza passeggeri. Allora allungò il collo, per chiamare una hostess e chiederle il trasferimento, ma in quel momento l'aereo si mosse. Lento, a marcia indietro. La vicina di Rocco si aggrappò con le unghie al bracciolo e sbarrò gli occhi.

Non ce la posso fare, pensò Rocco. La biondina sarebbe esplosa molto prima che l'aereo toccasse terra a Marsiglia Provenza.

Ma il velivolo dopo pochi metri si fermò un'altra volta. Falso allarme. Ancora non si partiva. L'hostess riccioluta spuntò fuori dalla tendina e si fece un paio di vasche per controllare se i passeggeri continuassero a tenere le cinture allacciate e non si fossero già sbracati sugli schienali. Quando gli passò accanto, Rocco la fermò.

«Scusi...».

La hostess si abbassò, perché Rocco aveva tutta l'aria di volerle confidare un segreto. «Dica...».

«Non è che mi può cambiare di posto?» chiese a bassa voce.

La hostess buttò un'occhiata veloce alla vicina. «Vedo se la cosa è possibile». Sorrise e se ne andò. L'aereo ripartì con la marcia indietro, e ancora una volta la tipa affondò le unghie nei braccioli. Pochi metri dopo il jet fermò nuovamente la manovra.

«Madò che palle...» mormorò il vicequestore. Aveva già voglia di alzarsi e fumarsi una sigaretta. Il ciccione dall'altra parte del corridoio s'era addormentato. E pure la sua compagna. All'improvviso la sua vicina accese la luce di cortesia. Poi la rispense. Poi la riaccese, poi la rispense. Mentalmente il vicequestore contò, sapendo perfettamente che un obbligo interiore costringeva la donna a ripetere la cosa per almeno quattro volte.

Dov'è la hostess? pensò Rocco. Dov'è? Non posso farmi il viaggio accanto a Rain man, pensava, non avrebbe retto. Cosa sarebbe accaduto al momento del decollo? Già si vedeva la vicina abbarbicata intorno al collo come una scimmia impazzita. E all'atterraggio? Una così poteva fare qualsiasi cosa, in qualsiasi momento. Difficile prevedere le sue reazioni scomposte. Una mina innescata. A furia di premere i tasti, la donna aveva schiacciato anche quello per chiamare la hostess. Per ben quattro volte. Rocco avrebbe voluto schiaffeggiarla, stordirla, renderla innocua. Ma la hostess col sorriso gentile arrivò bloccando l'istinto omicida del vicequestore.

«Posso aiutarla?» chiese.

«Eh?» disse la vicina.

«Dico, posso aiutarla?».

«Perché?».

«Perché lei ha chiamato quattro volte!» intervenne Rocco ad alta voce. «Ha spinto quattro volte quel cazzo di pulsante per vedere se funzionava. Be', ora se n'è accorta, funziona! Adesso, ha qualcosa da dire all'assistente di volo?».

«Lei è un cafone!».

«E lei è una rompicoglioni. Allora? Niente?». Rocco si rivolse alla hostess: «Vada pure e la scusi... dovrebbe aver finito».

«In che senso avrebbe finito?» chiese la roscetta con gli zigomi spellati.

«La signora ha toccato tutto. Non ha più niente da premere, muovere, sganciare, controllare. Credo che siamo pronti al decollo, se vuole avvertire il comandante».

«Voglio cambiare posto!» esclamò la vicina.

«Magari, ma l'ho già chiesto io, non si preoccupi. Anzi, ha qualche novità sulla cosa?».

«Ora vedo». La hostess sgambettò via. Dal sedile davanti era spuntata la faccia di un uomo con la barba sfatta e i capelli rasati a zero. Il volto rugoso e magro sembrava avere un occhio più scuro dell'altro. «Voi avete intenzione di fare così per tutto il viaggio?» chiese minaccioso.

«Ah, non lo so. Chiedilo a lei» fece Rocco.

«Stronzo...» mormorò quella fra i denti.

«No, perché si dà il caso che invece io voglia stare tranquillo».

«Allora cambia di posto con me» propose il vicequestore, «mettiti tu vicino al Nido del cuculo».

Il passeggero guardò prima Rocco, poi la vicina, poi sparì.

Col cazzo che ci viene, pensò il vicequestore. E invidiò il ciccione con i sandali che invece dormiva placido e sereno con la testa della compagna poggiata sulla spalla.

Finalmente la hostess riccia tornò. «Purtroppo ho una brutta notizia...».

«Il posto non c'è» concluse la frase Rocco.

«Già».

«Può spargere la voce? Do cinquanta euro a chiunque voglia fare cambio con me».

La riccia si mise a ridere. La vicina di Rocco invece si voltò di scatto: «Io ne do cento».

«Centocinquanta» alzò la posta il vicequestore.

«Duecento!» sparò la donna.

Il passeggero con gli occhi strani riapparve: «Ve ne do trecento se ve ne state zitti!».

«Per favore» disse la hostess. «Cerchiamo di mantenere la calma. Ora l'aereo decolla e...».

«E questa sbrocca di brutto, glielo dico io» assicurò il vicequestore. «Non ce l'ha un valium nella sua borsetta?».

«Non prendo il valium!».

«Vabbè, quello che ha. Perché non s'attacca alla boccetta e si stordisce fino a Marsiglia?».

«È un'idea» fece il passeggero con gli occhi strani.

«Siete... siete degli schifosi!».

«Per favore, per favore!» la hostess alzò la voce. «Adesso vedo se c'è qualcuno che è disposto a cambiare il posto con lei».

«Sì, ma dia la priorità a medici o infermieri...».

«Basta!» la donna si slacciò la cintura di sicurezza e si alzò. «Io qui non ci sto più. Ecco, lì ci sono due posti vuoti. Mi faccia passare!». Rocco slacciò la cintura e si alzò. «Prego».

«Per favore restate seduti, l'aereo è in fase di...».

«Di che?» intervenne l'amico del passeggero con gli occhi strani. «È mezz'ora che stiamo fermi. La faccia andare lì».

Mentre la vicina di Rocco scartava il vicequestore per andare a occupare uno dei due posti liberi, la hostess spellata sugli zigomi si avvicinò: «Per favore, quei posti devono restare liberi, non si può».

«E perché?» chiese la vicina di Rocco. «Io accanto a questo il viaggio non lo faccio».

«Siamo d'accordo» fece Rocco. «Avete a bordo un letto di contenzione? Potete metterla lì».

«Vada-a-fare-in-culo!» sparò la donna bello tondo in faccia al vicequestore e senza aspettare altro andò a sedersi in uno dei posti vacanti.

«Signora, non si può!» la hostess riccia cercò di fermarla. Arrivò anche la bella, l'assistente di volo bruna e con gli occhi neri come due olive greche. Guardava la scena ma non alzava un dito. Rocco si perse a osservarla e per qualche secondo non sentì più nulla. La sua mente era proiettata altrove. Un letto, lenzuola fresche, il corpo di quella donna steso accanto al suo.

«... seduti per favore!» fu la voce acuta e un po' effeminata dello steward col pizzetto a riportarlo alla realtà. A riportare invece la situazione sui binari del vivere civile, fu l'aereo che si mosse e ricominciò a fare la retromarcia. Il vicequestore si mise seduto, tutti i passeggeri si piazzarono pronti al decollo mentre le hostess continuavano a cercare di convincere la vicina di Rocco che non voleva saperne di tornare al suo posto. Alla fine si arresero. Allargando le braccia, tutti e quattro gli assistenti di volo tornarono chi in coda chi in testa al velivolo.

Sembrava ristabilita la calma. L'aereo aveva finito la sua retromarcia e ora puntava lentamente verso le piste. Solo il rumore dei motori al minimo e il fischio dell'aria condizionata. Qualcuno dell'equipaggio ebbe l'idea di calmare l'atmosfera mettendo una musichetta. Rocco riconobbe una versione da aeroporto di *What the world needs now* di Bacharach. Cercò di rilassarsi e di pensare alla Provenza. Aveva preso il primo albergo a Saint-Rémy, tre giorni, poi si sarebbe spostato ad Arles e infine dritto per Saint-Paul-de-Vence.

Da solo. Ne valeva davvero la pena? Aveva un senso per lui questo viaggio? Forse sarebbe stato meglio andare a Stintino con Seba, oppure con Brizio e Furio al Circeo. Almeno la notte non sarebbe stato un buco nero. Una zona di non ritorno che neanche il sole pallido dell'alba avrebbe rischiarato. Era stufo di riempire quello spazio con incontri casuali, senza senso, senza spessore e senza vita. Ebbe un brivido a pensare alle notti che avrebbe passato ad Aosta. In una casa sconosciuta, in un posto sconosciuto con quelle temperature micidiali.

A che ora farà notte d'inverno ad Aosta? si chiese. Alle tre di pomeriggio? Prima?

L'aereo si fermò per la quarta volta. A fare un calcolo azzardato, aveva percorso sì e no un centinaio di metri e l'ora del decollo era passata da più di mezz'ora. La musichetta si acquietò per lasciare spazio alla voce del comandante. «Signore e signori benvenuti a bordo del volo KK 243 per Marsiglia Provenza, io sono Carlo Cencetti e sono il vostro comandante. Fra poco decolleremo... ci scusiamo del ritardo dovuto a...». Il comandante fece una pausa. «... a cause tecniche. Prevediamo l'arrivo per le 12 e 35, speriamo di recuperare qualcosa durante il volo... dopo il decollo...» e si zittì.

Dopo il decollo? Non disse più niente. Ripresero a sparare aria condizionata al massimo. Ripartì la musichetta. Una versione orchestrata di *Let it be*.

L'aereo sembrava si fosse inchiodato sulla pista. Le hostess e lo steward erano spariti, rintanati dietro le tendine alla testa e alla coda dell'aereo, i passeggeri muti aspettavano che il bolide muovesse verso la pista, aumentasse i giri del motore, corresse come un cavallo imbizzarrito per poi prendere il volo verso Marsiglia.

Invece niente. Passarono più di dieci minuti di attesa. Poi una voce dalla coda del velivolo si alzò. Roca, romana, scoglionata. «Ao', e 'nnamo un po'! Io per Natale ci ho da fa'!».

Più dei tre quarti dei passeggeri scoppiò a ridere. Rocco compreso. Poi l'aereo riprese la sua lenta marcia. Rocco si allungò verso il finestrino. E notò che la punta dell'aereo virava decisamente verso l'aeroporto, come se volesse tornare nel parcheggio. Infatti, neanche cinque minuti dopo, il volo KK 243 per Marsiglia Provenza era fermo a poche centinaia di metri dai gate.

«Che succede?» disse Rocco a mezza voce. Quando i motori addirittura si spensero, qualcuno si alzò in piedi. «Che è? Che succede? Ma si può sapere...» risuonavano le voci dei passeggeri. Rocco si slacciò la cintura di sicurezza. In quel momento dalla radio emerse come un fantasma la voce dello steward: «Signore e signori ci scusiamo...».

Di che? si chiese Rocco. La voce riprese: «... ci scusiamo dell'inconveniente. Sono Michele Mambri, il capocabina. Purtroppo per cause non dipendenti dalla nostra volontà, dobbiamo ritardare il volo di circa... di circa mezz'ora...».

Si alzò un boato. «Mezz'ora!». «Ma siamo impazziti?». «Ma che vi dice il cervello?».

Rocco era in piedi in mezzo al corridoio. Gli altri passeggeri lo guardavano. Nei loro occhi il vicequestore lesse chiara l'autorizzazione a farsi portavoce di tutti. Si diresse verso la testa dell'aereo mentre la voce del capocabina continuava a spiegare: «... purtroppo cause tecniche e indisponibilità della pista a Marsiglia ci costringono a questa attesa... ora gli assistenti di volo passeranno per un rinfresco e...». Rocco scostò la tenda con un gesto secco della mano e trovò lo steward in piedi che parlava dentro il microfono. Gli occhi del vicequestore puntuti come spilli strozzarono le parole in gola al capocabina. «Dica...».

«Che vuol dire mezz'ora? Perché siamo tornati al parcheggio?».

«La prego, torni al suo posto e...».

«Voglio sapere che succede! Ora! Mi faccia parlare con il comandante».

«È impegnato alla radio».

«Allora mi dia una spiegazione, motivata, e la dica ad alta voce nel microfono. A tutti!» insistette Rocco. Lo steward guardò la collega riccia che si mordeva le labbra. «Ci sono problemi a Marsiglia» disse con un filo di voce.

«Quali?».

«Non lo sappiamo ancora. Il comandante sta cercando di capire. Pare ci siano delle piste in gestione».

Rocco rifletté sul senso di quelle parole per almeno cinque secondi. Poi esplose: «Ma che vuol dire? In gestione? E che è, un negozio?».

Intanto tre passeggeri delle prime file si erano alzati e facevano capoccetta dietro le spalle del vicequestore.

«Be', significa che forse un aereo ha perso carburante, oppure c'è congestione del traffico. Oppure...».

«Oppure lei ci sta dicendo solo cazzate!» fece una voce alle spalle di Rocco.

«Vi prego, per favore, tornate seduti. In meno di mezz'ora decolleremo. Vi do la mia assicurazione».

Rocco si passò una mano nei capelli, poi si girò per tornare al suo posto facendosi largo fra i curiosi che s'erano assiepati nel corridoio. I passeggeri rimasti seduti invece lo osservarono dalle poltrone con l'aria un po' spaventata. Un uomo con gli occhiali lo fermò: «Ma che succede?».

«Non si capisce. Un ritardo... pare ci siano problemi a Marsiglia».

Quello con gli occhiali sbuffò recuperando l'italica pazienza di fronte ai soprusi mentre il vicequestore se ne tornò al suo posto. Si sedette senza agganciare la cintura di sicurezza, tanto di partire non se ne parlava proprio.

Ma in testa all'aereo la ribellione bolliva. Gli altri passeggeri continuavano a protestare con lo steward e la hostess. C'era bisogno di un intervento superiore, delle parole di un leader che placasse gli animi. E improvvisamente dall'interfono affiorò la voce del comandante: «Signore e signori, sono il comandante. Vi spiego che succede...». Tutti si zittirono e si misero a guardare il soffitto dell'aereo. «... purtroppo a Marsiglia Provenza c'è un problema sulla pista 1 e sulla 3. Questo ci costringe ad attendere il segnale di partenza per... per almeno una mezz'ora. Mi rendo conto che è un inconveniente... fastidioso, ma vi prego di ritornare ai vostri posti». Le parole del comandante ebbero un effetto taumaturgico sui rivoltosi che come morti viventi tornarono mogi alle loro poltrone. «... fra pochi minuti gli assistenti di volo cercheranno di rendere più piacevole questa attesa...».

Rocco sorrise. Si immaginò l'assistente di volo con gli occhi greci prendere posto accanto a lui. In quel caso su quell'aereo avrebbe aspettato anche una settimana che la pista di Marsiglia Provenza si liberasse. Invece preparò lo stomaco alla ciofeca che stava per arrivare nei bricchi di peltro.

E puntuale il carrellino con le bevande cominciò il primo giro. L'odore di caffè e il rumore della carta dei biscotti s'impossessò della cabina. Rocco si limitò ad un bicchiere d'acqua.

La hostess riccia tornò dalla vicina di Rocco. Evidentemente la convinse perché la fece alzare e accomodare in coda all'aereo. Poi non accadde più nulla e la mezz'ora passò lenta e ottusa sotto lo sbocco sferzante dell'aria condizionata e la misteriosa orchestrina che sventrava canzoni come maiali al macello.

All'improvviso si aprì il portellone dell'aereo. Insieme a una folata di aria calda e stagnante entrarono due uomini. Quello che camminava davanti sulla cinquantina, cicciottello, pochi capelli, in giacca e cravatta, aveva lo sguardo di chi la sa lunga e non ha tempo da perdere. Della coppia il capo era lui. Era seguito da uno più giovane, sulla trentina, che portava una borsa di pelle nera e un vestito un po' liso. Sui revers della giacca aveva una spolverata di granellini bianchi. Pareva una cascata di forfora, ma più probabilmente era zucchero. I due nuovi entrati attraversarono l'aereo e si andarono a sedere nei posti vuoti, quelli vietati che già Rocco e la sua vicina avevano adocchiato. Una hostess parlava al cicciottello sottovoce, quello annuiva senza sorridere.

A quel punto i motori dell'aereo si riaccesero.

Non quadrava. Non quadrava per niente.

Rocco guardò i nuovi arrivati, poi si alzò. Subito una hostess lo raggiunse, ma Rocco la scansò gentilmente. Cento occhi erano puntati sul vicequestore.

«Posso sapere chi siete?» chiese gentilmente Rocco ai due. Il cicciottello lo squadrò sprezzante: «Posso sapere chi è lei?».

«Vicequestore Rocco Schiavone. E lei?».

L'ometto sorrise: «Marco Giacomazzi». Poi per zittire quell'insolente snocciolò il suo curriculum. «Deputato della camera e sottosegretario alle politiche industriali. Cos'è, sono in arresto?» e si fece una risata, insieme al suo accompagnatore che intanto si puliva i granelli di zucchero dal vestito.

«No, assolutamente. Solo, vede? Noi dovevamo decollare più di un'ora fa, e invece abbiamo aspettato. Pare per degli inconvenienti a Marsiglia».

«Mi dispiace. Ma io che ci posso fare?».

Ora l'attenzione dell'aereo era tutta sui posti 11 C e D, quelli occupati dal sottosegretario e dal suo portaborse.

«Lei niente, figuriamoci. Però io comincio a credere che 'sta storia di Marsiglia è una bugia. Ne conviene?».

Tutti gli assistenti di volo si stavano avvicinando guardinghi. Nonostante l'aria condizionata, la temperatura all'interno dell'aereo stava salendo.

«Guardi vicequestore, faccia una cosa. Si metta seduto e si goda il viaggio. Marsiglia è una bella città. È piena di belle donne, sa?» gli fece l'occhiolino e aprì il giornale. Considerava il dialogo chiuso lì. Rocco prese il quotidiano, lo sfilò dalle mani del sottosegretario, lo appallottolò e lo scagliò lontano.

«Ma che...?».

«Io la vedo così» riprese. «Lei era prenotato su questo volo, era in ritardo, e noi qui come dei coglioni ad aspettare i suoi comodi, rollando sulla pista inutilmente. Mi dica se sbaglio».

«Come si permette? Mi ridia il giornale. Io la denuncio, sa?».

«Si accomodi, lavoro per la polizia di Stato».

«Anche per me è come dice lui» intervenne il passeggero dagli occhi strani. «Siamo stati qui ad aspettare i suoi porci comodi per più di un'ora, non è così?».

«Perché non dice come stanno le cose?» fece una voce di donna.

«Sentite, io non so cosa vi siete messi in testa. Io sono arrivato all'aeroporto, il volo era ancora qui e l'ho preso!» si giustificava Giacomazzi. «Sto andando a lavorare per gli interessi del paese agli incontri del Mediterraneo. Ora se permettete...».

L'aereo fece uno scossone e si mosse, i passeggeri in piedi erano più di una ventina. Inutilmente le hostess cercavano di farli tornare seduti.

«Cazzate!» urlò una voce.

«Vede, dottor Giacomazzi» riprese calmo Rocco, «io la penso diversamente. Lei era prenotato su questo volo, tanto è vero che i suoi posti sono lì, liberi, nonostante io e Hannibal Lecter, che ora è in coda, avessimo chiesto di poterne occupare uno. E sono sicuro che se andiamo a guardare la carta passeggeri il suo nome e quello del suo leccaculo spunterebbero in mezzo agli altri. Mi dica se sbaglio».

«Per favore tornate seduti che stiamo preparando il decollo».

Rocco si girò verso la hostess riccia guardandola dritto negli occhi. «Taccia!». Quella spaventata si azzittì.

«Io non devo rendere conto a lei né a nessun altro di nulla. Ora se ne vada, a meno che non abbia voglia di passare un guaio!» il sottosegretario era passato alle minacce.

E aveva sbagliato.

Rocco lo afferrò per la cravatta, lo fece alzare in piedi e lo trascinò nel corridoio, fra le urla e lo spavento degli altri passeggeri.

«Mi lasci. Come si permette? Guido... Guido!» urlava il sottosegretario. Guido il portaborse si alzò, ma la cintura lo inchiodò al sedile. Rocco intanto non mollava la presa. Attraversò l'aereo fra gli sguardi compiaciuti dei passeggeri trascinandosi l'ometto come un trolley. Arrivato in testa all'aereo, con sua sorpresa, trovò il comandante appena uscito dalla cabina di pilotaggio. Era un uomo alto e biondo con un naso a pinna di squalo. «Che sta succedendo?».

Rocco non rispose. Afferrò l'interfono, una specie di citofono, lo sbatté in mano al sottosegretario e guardandolo duro negli occhi disse: «Ora lei prende in mano questo coso, e si scusa con tutti i passeggeri spiegando loro il vero motivo del nostro ritardo!».

«Senta, sono il comandante e...».

«Lei stia zitto!» fece il vicequestore. Poi tornò ad occuparsi del politico. «Dica nome, cognome, e chieda scusa a questa gente che è qui che l'aspetta da più di un'ora. Avanti!».

«Io non...».

«Lei invece lo fa. Forza!».

Il sottosegretario si avvicinò al microfono. Mentre i passeggeri s'erano ammucchiati per vedere cosa stesse succedendo, il comandante e il suo vice osservavano tesi la scena. Guido cercava di farsi strada senza riuscire a raggiungere il suo datore di lavoro.

«Sssa... ssa prova microfono...» fece il sottosegretario.

«Guardi che non sta a un concerto» fece Rocco.

«Buongiorno a tutti. Sono Marco Giacomazzi... sottosegretario alle politiche industriali...».

«E chissenefrega!» fece una voce anonima di un passeggero.

«Vi prego di scusarmi. Il ritardo del volo è colpa mia. Purtroppo impegni di governo mi hanno bloccato al ministero...».

«Meno cazzate. Dica la verità» fece sottovoce Rocco.

«È la verità!».

Il vicequestore passò un dito sotto la guancia del politico. «Il sangue della barba di stamattina ancora non s'è coagulato. Dica la verità!».

Il sottosegretario riprese il microfono. «Purtroppo ho avuto un contrattempo...».

«S'è svegliato tardi» suggerì Rocco.

«Mi sono... svegliato un po' tardi...».

«Va meglio».

«... e non potevo perdere l'aereo. Impegni di governo...».

«Non ricominci con le cazzate. Non poteva perderlo perché?».

«Perché?».

«Me lo dica lei».

«Perché alle 14 ho una riunione».

«Quindi...».

«Dovevo prenderlo assolutamente».

Tutti i passeggeri s'erano zittiti, ad ascoltare quel curioso dialogo amplificato dalle casse dell'interfono. Qualcuno ridacchiava, qualcun altro sgranava gli occhi. L'unico a non avere reazioni era il ciccione con i sandali che continuava a dormire insieme alla fidanzata. La vicina di Rocco in fondo all'aereo era tutta presa nell'aprire e chiudere il tavolino di plastica.

«... allora cosa ha fatto? Ha telefonato?» continuava Rocco.

«Sì. Ho chiamato la compagnia aerea e ho chiesto...».

«Chiesto?» fece Rocco dubbioso.

«Sì. Chiesto». Il deputato cominciava a sudare. Il muso s'era imperlato. Veloce come un rettile si passò la lingua per asciugarsi.

«Lei lo ha chiesto oppure intimato?». Ormai il vicequestore era entrato in fase interrogatorio, e la deformazione professionale gli impediva di lasciar cadere lì la cosa. Non era più su un aereo, era nella stanza della questura, all'EUR, di fronte a un mentecatto da inchiodare.

«No, guardi, ho chiesto gentilmente se potevano...».

«Dica la verità. Lei non l'ha chiesto, ha intimato alla compagnia aerea di ritardare il volo».

«Un po'...».

Rocco annuì. «Vada avanti».

«E così mi sono precipitato in aeroporto per prendere l'aereo».

Il vicequestore scosse la testa. «Io e lei avevamo fatto un patto, ricorda? Meno cazzate».

«È così!» protestò Giacomazzi. «Le sto dicendo la verità! Io e Guido ci siamo precipitati qui a prendere l'aereo».

«Precipitati. E allora perché il suo leccaculo ha lo zucchero sui revers della giacca?».

Giacomazzi fece una smorfia. «Non... non lo so... Guido?» gridò voltandosi verso il corridoio dell'aereo, «perché hai lo zucchero sulla giacca?».

«Lo dico io? Perché vi siete presi tutto il tempo per fare colazione e poi salire a bordo dell'aereo». Marco Giacomazzi annuì. Rocco buttò un'occhiata alle spalle del sottosegretario. «Com'era la ciambella, Guido?» urlò.

«No, era una bomba... alla crema» rispose la voce fievole del portaborse.

Il vicequestore tirò un fiato e riprese: «Allora ricominciamo. Ripeta con me. Nel microfono. Ho fatto tardi e...».

Il deputato si avvicinò e lentamente ripeté: «Ho fatto tardi e...».

«E nonostante tutto mi sono fermato a fare colazione...».

«E nonostante tutto mi sono fermato a fare colazione...».
Furono le ultime parole dette all'interfono. Poi si scatenò l'inferno.

«Basta» gridò qualcuno. «Ora basta!». Una ventina di passeggeri si scagliarono sul sottosegretario. Mani artigliate cercavano di ghermirlo. Volò uno sganassone che colpì Guido il leccaculo facendogli uscire il sangue dal naso. «Arrghh!» urlò il poveretto e finì a terra dimenticato come uno straccio. Ma nei cuori dei passeggeri non c'era più spazio per la pietà. Le hostess urlavano, un paio di bambini piangevano. Rocco afferrò il sottosegretario e facendo scudo con il suo corpo, con un movimento rapido lo portò dentro la cabina di pilotaggio. Entrò insieme al comandante e chiuse la porta. Il secondo pilota, ancora seduto al suo posto, si voltò spaventato.

«Non si può aprire da fuori, vero?» chiese Rocco al comandante.

«No» rispose Carlo Cencetti, «posso farlo solo io col codice dall'interno».

Intanto pugni e calci cercavano di sfondare la porta del cockpit.

«Chiami la polizia dell'aeroporto» ordinò Rocco. Il comandante scattò e cominciò ad armeggiare con dei tasti misteriosi.

«Mi dispiace» fece il vicequestore al sottosegretario, «credo di aver esagerato».

L'uomo, in preda al panico, guardava ora il poliziotto ora la porta della cabina temendo che quella potesse cedere da un momento all'altro e far entrare l'orda assassina. «Non... non si preoccupi... solo, per favore, mi tiri fuori di qui!».

«La polizia sta arrivando» comunicò il comandante.

Da fuori le urla aumentavano. «Fatelo uscire! Fatelo uscire!».

«Questi mi ammazzano» piagnucolava il deputato. Rocco gli mise una mano sulla spalla. «Aspetti, aspetti qui e non si muova» fece Rocco. «Comandante, mi apra».

«Ma...».

«Niente ma. Ho detto mi apra».

Il comandante premette dei tasti sulla consolle. «Deve solo spingere».

«Ma è sicuro? Guardi che...».

«Tranquillo...» fece Rocco. «È lei che vogliono, non me. Risolviamo questa cosa. Lei stia indietro, Giacomazzi».

Rocco fu rapidissimo. Aprì la porta e se la richiuse alle spalle impedendo a chiunque di entrare nel cockpit. Il sottosegretario si asciugò il sudore. «Io lo denuncio a quel pezzo di merda». Il comandante scosse la testa. «Lei ringrazi Dio se esce vivo da questa cosa. E, detto fra noi, io la detesto con tutto me stesso».

Appena fuori dalla cabina Rocco guardò i passeggeri negli occhi. I capi della rivolta erano quello dagli occhi strani e il suo amico. «Per favore. Per favore, ascoltatemi. Non lo fate, non lo fate».

«Lei è stato bravo, ora però si tolga...».

«E che volete fare? Ucciderlo?».

Improvvisamente si zittirono. «Volete uccidere un coglione che ha fatto fare un'ora di ritardo all'aereo? Vi ha chiesto scusa, ha capito e...».

«L'ha fatto perché lei l'ha costretto» urlò una donna.

«Sì, ma l'ha fatto. Ora basta. Se non mi fossi alzato, se non l'avessi costretto, come dice lei, voi sareste restati comodi sulle poltrone in attesa del decollo. Cazzo, che diritto avete ora di fare i giacobini? Mettetevi comodi, prendete posto e lasciate che 'st'aereo decolli».

«Dobbiamo continuare ad abbozzare?» chiese quello con gli occhi strani.

«Perché? Fino ad oggi che cosa avete fatto? L'abbiamo umiliato, s'è scusato, ora basta».

«Lei l'ha preso per il collo, l'ha quasi picchiato e ora ci viene a fare la morale?».

«Sì» rispose tranquillo il vicequestore. «E vi dico anche perché. Perché quello che faccio io, lo faccio per me, e mi prendo le responsabilità delle mie azioni. Non l'ho fatto per sobillare voi, non l'ho fatto per un senso di giustizia. L'ho fatto perché odio essere preso per il culo. Tutto qui. Ora sono soddisfatto e pronto a partire per Marsiglia. E poteva essere un politico, un medico, un calciatore o un portantino. È l'uomo che mi fa arrabbiare, non il vestito. Chiaro?».

«Ha ragione» disse la ex vicina di Rocco, che s'era unita al gruppo di protesta. «Mica è un nuovo '89... ha sbagliato, l'abbiamo castigato e ora basta. E che sarà mai?».

«È l'arroganza dei politici che non mi va più giù. Destra, sinistra, tutti uguali. Ritardano gli aerei e pure il paese! E io non ne posso più» disse quello con gli occhiali.

La ex vicina di Rocco lo affrontò decisa, guardandolo negli occhi. «E allora faccia cose concrete, non discorsi da bar. E soprattutto non tiri su forche e linciaggi per questa gente. È troppo facile e di pessimo gusto. Vi saluto» e a passi ampi se ne tornò al suo posto.

«Brava!» urlò una donna. «Brava!» e fece partire un applauso al quale si unì mezzo aereo che accompagnò con ovazioni e fischi la vicina di Rocco fino al suo posto. Appena seduta, festeggiò la riuscita dell'intervento accendendo per quattro volte la luce di cortesia. L'uomo con gli occhiali avrebbe voluto risponderle, ma fu un gesto deciso di Rocco ad impedirglielo. «Ascolti me, lasci stare Hannibal. Non siamo in grado di prevedere le sue reazioni». L'uomo annuì e tornò a sedersi insieme ai rivoltosi. Chi bofonchiando, chi mormorando parole strappate. Qualcuno sembrò risvegliarsi da un sogno a occhi aperti, imbarazzato di trovarsi lì e vergognandosi di quello che aveva pensato di fare. Solo Rocco rimase in piedi fino a che l'ultimo dei passeggeri si sedette. E in quel momento arrivarono due agenti di polizia direttamente dalla scaletta che le autorità aeroportuali avevano fatto riagganciare al velivolo. Rocco tirò fuori il tesserino: «Vicequestore Schiavone... è tutto a posto».

I due agenti sorrisero. La porta della cabina di pilotaggio si aprì e ne uscì Marco Giacomazzi. S'era rassettato ma aveva perso la sua aria di superiorità e soprattutto il sorrisetto che portava come un paio di baffi era sparito dalla faccia. Guardò il vicequestore, poi i due agenti.

«Scortate il signore al suo posto insieme a quell'altro» e indicò Guido il leccaculo che s'era rintanato in un angolo con un po' di sangue che ancora colava dalla narice di destra. Gli agenti obbedirono. E Marco Giacomazzi, teso come una corda del bucato, percorse il corridoio sotto gli occhi minacciosi di tutti. Mentre lo seguiva, a Rocco venne in mente un vecchio film dove un soldato americano catturato dagli apache era costretto ad attraversare tutto il villaggio sotto gli occhi assassini dei pellerossa. Arrivato al suo posto, il 9 B, il vicequestore aprì la cappelliera e prese il suo zainetto. Poi si girò verso il sottosegretario. «Le auguro buon viaggio» gli disse. Quello sorrise appena e si immerse nella lettura della rivista di bordo. Poi Rocco andò dalla sua vicina in coda all'aereo. Aveva ripreso a smanettare con il tavolinetto. «Auguro buon viaggio anche a lei».

«Perché? Lei non viene?».

Rocco le sorrise: «No. Per oggi è sufficiente». E a passo veloce tornò alla testa dell'aereo raggiungendo i due agenti. «Aspettate. Vengo con voi!». Quelli gli sorrisero. Schiavone strinse la mano al comandante. Era dura ed asciutta: «Comandante, faccia buon viaggio».

«Non viene a Marsiglia?».

«E che ci vado a fare? Mi stia bene».

E detto questo il vicequestore uscì dall'aereo insieme ai poliziotti.

L'aria calda e soffocante del luglio romano lo strozzò mentre i boati dei motori riempivano l'aria ferma e bollente. «Che fa, dotto'?» chiese uno degli agenti. «Vuole un passaggio fino all'uscita?».

«Sì, grazie. Portatemi al parcheggio. Madonna che caldo».

«Eh già» disse l'altro.

Sull'auto di servizio la temperatura era ancora insopportabile. «Ma non l'avete l'aria condizionata?» chiese il vicequestore.

«Dotto', ringraziamo che c'è la benzina» rispose quello che guidava. Rocco aprì il finestrino, ma anche quando l'auto partì lasciando il Boeing al suo destino, l'aria rimaneva appiccicosa e stagnante.

Ritrovò un po' di serenità solo a bordo della sua Volvo sparando l'aria condizionata al massimo. Accese la radio che teneva fissa sempre sulla stessa stazione. Una radio che mandava solo classici del pop e del rock. Bette Midler stava cantando un successo dei Beatles. *There are places I remember...* Si accese una sigaretta e ingranò la prima.

«E allora? Non ci vai più?» gli chiese Marina.

«No. Non vado più».

«E dove passi queste vacanze?».

«Boh... andrò al Circeo da Furio».

«E gli appuntamenti delle case?».

«Tanto mica se ne vanno, quelle...».

Alzò il volume della radio. La voce calda e perfetta di Bette Midler cantava *Some are dead and some are living in my life, I've loved them all...* Il grande raccordo anulare era lì pronto ad abbracciarlo insieme ad un altro milione di macchine.

Indice

Cinque indagini romane per Rocco Schiavone

Questo volume è stato stampato
su carta Palatina
delle Cartiere di Fabriano
nel mese di gennaio 2016
presso la Leva Printing srl - Sesto S. Giovanni (MI)
e confezionato
presso IGF s.p.a. - Aldeno (TN)

La memoria

Ultimi volumi pubblicati

701 Angelo Morino. Rosso taranta
702 Michele Perriera. La casa
703 Ugo Cornia. Le pratiche del disgusto
704 Luigi Filippo d'Amico. L'uomo delle contraddizioni. Pirandello visto da vicino
705 Giuseppe Scaraffia. Dizionario del dandy
706 Enrico Micheli. Italo
707 Andrea Camilleri. Le pecore e il pastore
708 Maria Attanasio. Il falsario di Caltagirone
709 Roberto Bolaño. Anversa
710 John Mortimer. Nuovi casi per l'avvocato Rumpole
711 Alicia Giménez-Bartlett. Nido vuoto
712 Toni Maraini. La lettera da Benares
713 Maj Sjöwall, Per Wahlöö. Il poliziotto che ride
714 Budd Schulberg. I disincantati
715 Alda Bruno. Germani in bellavista
716 Marco Malvaldi. La briscola in cinque
717 Andrea Camilleri. La pista di sabbia
718 Stefano Vilardo. Tutti dicono Germania Germania
719 Marcello Venturi. L'ultimo veliero
720 Augusto De Angelis. L'impronta del gatto
721 Giorgio Scerbanenco. Annalisa e il passaggio a livello
722 Anthony Trollope. La Casetta ad Allington
723 Marco Santagata. Il salto degli Orlandi
724 Ruggero Cappuccio. La notte dei due silenzi
725 Sergej Dovlatov. Il libro invisibile
726 Giorgio Bassani. I Promessi Sposi. Un esperimento
727 Andrea Camilleri. Maruzza Musumeci
728 Furio Bordon. Il canto dell'orco
729 Francesco Laudadio. Scrivano Ingannamorte
730 Louise de Vilmorin. Coco Chanel

731 Alberto Vigevani. All'ombra di mio padre
732 Alexandre Dumas. Il cavaliere di Sainte-Hermine
733 Adriano Sofri. Chi è il mio prossimo
734 Gianrico Carofiglio. L'arte del dubbio
735 Jacques Boulenger. Il romanzo di Merlino
736 Annie Vivanti. I divoratori
737 Mario Soldati. L'amico gesuita
738 Umberto Domina. La moglie che ha sbagliato cugino
739 Maj Sjöwall, Per Wahlöö. L'autopompa fantasma
740 Alexandre Dumas. Il tulipano nero
741 Giorgio Scerbanenco. Sei giorni di preavviso
742 Domenico Seminerio. Il manoscritto di Shakespeare
743 André Gorz. Lettera a D. Storia di un amore
744 Andrea Camilleri. Il campo del vasaio
745 Adriano Sofri. Contro Giuliano. Noi uomini, le donne e l'aborto
746 Luisa Adorno. Tutti qui con me
747 Carlo Flamigni. Un tranquillo paese di Romagna
748 Teresa Solana. Delitto imperfetto
749 Penelope Fitzgerald. Strategie di fuga
750 Andrea Camilleri. Il casellante
751 Mario Soldati. ah! il Mundial!
752 Giuseppe Bonarivi. La divina foresta
753 Maria Savi-Lopez. Leggende del mare
754 Francisco García Pavón. Il regno di Witiza
755 Augusto De Angelis. Giobbe Tuama & C.
756 Eduardo Rebulla. La misura delle cose
757 Maj Sjöwall, Per Wahlöö. Omicidio al Savoy
758 Gaetano Savatteri. Uno per tutti
759 Eugenio Baroncelli. Libro di candele
760 Bill James. Protezione
761 Marco Malvaldi. Il gioco delle tre carte
762 Giorgio Scerbanenco. La bambola cieca
763 Danilo Dolci. Racconti siciliani
764 Andrea Camilleri. L'età del dubbio
765 Carmelo Samonà. Fratelli
766 Jacques Boulenger. Lancillotto del Lago
767 Hans Fallada. E adesso, pover'uomo?
768 Alda Bruno. Tacchino farcito
769 Gian Carlo Fusco. La Legione straniera
770 Piero Calamandrei. Per la scuola
771 Michèle Lesbre. Il canapé rosso
772 Adriano Sofri. La notte che Pinelli
773 Sergej Dovlatov. Il giornale invisibile
774 Tullio Kezich. Noi che abbiamo fatto La dolce vita
775 Mario Soldati. Corrispondenti di guerra

776 Maj Sjöwall, Per Wahlöö. L'uomo che andò in fumo
777 Andrea Camilleri. Il sonaglio
778 Michele Perriera. I nostri tempi
779 Alberto Vigevani. Il battello per Kew
780 Alicia Giménez-Bartlett. Il silenzio dei chiostri
781 Angelo Morino. Quando internet non c'era
782 Augusto De Angelis. Il banchiere assassinato
783 Michel Maffesoli. Icone d'oggi
784 Mehmet Murat Somer. Scandaloso omicidio a Istanbul
785 Francesco Recami. Il ragazzo che leggeva Maigret
786 Bill James. Confessione
787 Roberto Bolaño. I detective selvaggi
788 Giorgio Scerbanenco. Nessuno è colpevole
789 Andrea Camilleri. La danza del gabbiano
790 Giuseppe Bonaviri. Notti sull'altura
791 Giuseppe Tornatore. Baarìa
792 Alicia Giménez-Bartlett. Una stanza tutta per gli altri
793 Furio Bordon. A gentile richiesta
794 Davide Camarrone. Questo è un uomo
795 Andrea Camilleri. La rizzagliata
796 Jacques Bonnet. I fantasmi delle biblioteche
797 Marek Edelman. C'era l'amore nel ghetto
798 Danilo Dolci. Banditi a Partinico
799 Vicki Baum. Grand Hotel
800
801 Anthony Trollope. Le ultime cronache del Barset
802 Arnoldo Foà. Autobiografia di un artista burbero
803 Herta Müller. Lo sguardo estraneo
804 Gianrico Carofiglio. Le perfezioni provvisorie
805 Gian Mauro Costa. Il libro di legno
806 Carlo Flamigni. Circostanze casuali
807 Maj Sjöwall, Per Wahlöö. L'uomo sul tetto
808 Herta Müller. Cristina e il suo doppio
809 Martin Suter. L'ultimo dei Weynfeldt
810 Andrea Camilleri. Il nipote del Negus
811 Teresa Solana. Scorciatoia per il paradiso
812 Francesco M. Cataluccio. Vado a vedere se di là è meglio
813 Allen S. Weiss. Baudelaire cerca gloria
814 Thornton Wilder. Idi di marzo
815 Esmahan Aykol. Hotel Bosforo
816 Davide Enia. Italia-Brasile 3 a 2
817 Giorgio Scerbanenco. L'antro dei filosofi
818 Pietro Grossi. Martini
819 Budd Schulberg. Fronte del porto
820 Andrea Camilleri. La caccia al tesoro

821 Marco Malvaldi. Il re dei giochi
822 Francisco García Pavón. Le sorelle scarlatte
823 Colin Dexter. L'ultima corsa per Woodstock
824 Augusto De Angelis. Sei donne e un libro
825 Giuseppe Bonaviri. L'enorme tempo
826 Bill James. Club
827 Alicia Giménez-Bartlett. Vita sentimentale di un camionista
828 Maj Sjöwall, Per Wahlöö. La camera chiusa
829 Andrea Molesini. Non tutti i bastardi sono di Vienna
830 Michèle Lesbre. Nina per caso
831 Herta Müller. In trappola
832 Hans Fallada. Ognuno muore solo
833 Andrea Camilleri. Il sorriso di Angelica
834 Eugenio Baroncelli. Mosche d'inverno
835 Margaret Doody. Aristotele e i delitti d'Egitto
836 Sergej Dovlatov. La filiale
837 Anthony Trollope. La vita oggi
838 Martin Suter. Com'è piccolo il mondo!
839 Marco Malvaldi. Odore di chiuso
840 Giorgio Scerbanenco. Il cane che parla
841 Festa per Elsa
842 Paul Léautaud. Amori
843 Claudio Coletta. Viale del Policlinico
844 Luigi Pirandello. Racconti per una sera a teatro
845 Andrea Camilleri. Gran Circo Taddei e altre storie di Vigàta
846 Paolo Di Stefano. La catastròfa. Marcinelle 8 agosto 1956
847 Carlo Flamigni. Senso comune
848 Antonio Tabucchi. Racconti con figure
849 Esmahan Aykol. Appartamento a Istanbul
850 Francesco M. Cataluccio. Chernobyl
851 Colin Dexter. Al momento della scomparsa la ragazza indossava
852 Simonetta Agnello Hornby. Un filo d'olio
853 Lawrence Block. L'Ottavo Passo
854 Carlos María Domínguez. La casa di carta
855 Luciano Canfora. La meravigliosa storia del falso Artemidoro
856 Ben Pastor. Il Signore delle cento ossa
857 Francesco Recami. La casa di ringhiera
858 Andrea Camilleri. Il gioco degli specchi
859 Giorgio Scerbanenco. Lo scandalo dell'osservatorio astronomico
860 Carla Melazzini. Insegnare al principe di Danimarca
861 Bill James. Rose, rose
862 Roberto Bolaño, A. G. Porta. Consigli di un discepolo di Jim Morrison a un fanatico di Joyce
863 Stefano Benni. La traccia dell'angelo
864 Martin Suter. Allmen e le libellule

865 Giorgio Scerbanenco. Nebbia sul Naviglio e altri racconti gialli e neri
866 Danilo Dolci. Processo all'articolo 4
867 Maj Sjöwall, Per Wahlöö. Terroristi
868 Ricardo Romero. La sindrome di Rasputin
869 Alicia Giménez-Bartlett. Giorni d'amore e inganno
870 Andrea Camilleri. La setta degli angeli
871 Guglielmo Petroni. Il nome delle parole
872 Giorgio Fontana. Per legge superiore
873 Anthony Trollope. Lady Anna
874 Gian Mauro Costa, Carlo Flamigni, Alicia Giménez-Bartlett, Marco Malvaldi, Ben Pastor, Santo Piazzese, Francesco Recami. Un Natale in giallo
875 Marco Malvaldi. La carta più alta
876 Franz Zeise. L'Armada
877 Colin Dexter. Il mondo silenzioso di Nicholas Quinn
878 Salvatore Silvano Nigro. Il Principe fulvo
879 Ben Pastor. Lumen
880 Dante Troisi. Diario di un giudice
881 Ginevra Bompiani. La stazione termale
882 Andrea Camilleri. La Regina di Pomerania e altre storie di Vigàta
883 Tom Stoppard. La sponda dell'utopia
884 Bill James. Il detective è morto
885 Margaret Doody. Aristotele e la favola dei due corvi bianchi
886 Hans Fallada. Nel mio paese straniero
887 Esmahan Aykol. Divorzio alla turca
888 Angelo Morino. Il film della sua vita
889 Eugenio Baroncelli. Falene. 237 vite quasi perfette
890 Francesco Recami. Gli scheletri nell'armadio
891 Teresa Solana. Sette casi di sangue e una storia d'amore
892 Daria Galateria. Scritti galeotti
893 Andrea Camilleri. Una lama di luce
894 Martin Suter. Allmen e il diamante rosa
895 Carlo Flamigni. Giallo uovo
896 Maj Sjöwall, Per Wahlöö. Il milionario
897 Gian Mauro Costa. Festa di piazza
898 Gianni Bonina. I sette giorni di Allah
899 Carlo María Domínguez. La costa cieca
900
901 Colin Dexter. Niente vacanze per l'ispettore Morse
902 Francesco M. Cataluccio. L'ambaradan delle quisquiglie
903 Giuseppe Barbera. Conca d'oro
904 Andrea Camilleri. Una voce di notte
905 Giuseppe Scaraffia. I piaceri dei grandi
906 Sergio Valzania. La Bolla d'oro
907 Héctor Abad Faciolince. Trattato di culinaria per donne tristi

908 Mario Giorgianni. La forma della sorte
909 Marco Malvaldi. Milioni di milioni
910 Bill James. Il mattatore
911 Esmahan Aykol, Andrea Camilleri, Gian Mauro Costa, Marco Malvaldi, Antonio Manzini, Francesco Recami. Capodanno in giallo
912 Alicia Giménez-Bartlett. Gli onori di casa
913 Giuseppe Tornatore. La migliore offerta
914 Vincenzo Consolo. Esercizi di cronaca
915 Stanisław Lem. Solaris
916 Antonio Manzini. Pista nera
917 Xiao Bai. Intrigo a Shanghai
918 Ben Pastor. Il cielo di stagno
919 Andrea Camilleri. La rivoluzione della luna
920 Colin Dexter. L'ispettore Morse e le morti di Jericho
921 Paolo Di Stefano. Giallo d'Avola
922 Francesco M. Cataluccio. La memoria degli Uffizi
923 Alan Bradley. Aringhe rosse senza mostarda
924 Davide Enia. maggio '43
925 Andrea Molesini. La primavera del lupo
926 Eugenio Baroncelli. Pagine bianche. 55 libri che non ho scritto
927 Roberto Mazzucco. I sicari di Trastevere
928 Ignazio Buttitta. La peddi nova
929 Andrea Camilleri. Un covo di vipere
930 Lawrence Block. Un'altra notte a Brooklyn
931 Francesco Recami. Il segreto di Angela
932 Andrea Camilleri, Gian Mauro Costa, Alicia Giménez-Bartlett, Marco Malvaldi, Antonio Manzini, Francesco Recami. Ferragosto in giallo
933 Alicia Giménez-Bartlett. Segreta Penelope
934 Bill James. Tip Top
935 Davide Camarrone. L'ultima indagine del Commissario
936 Storie della Resistenza
937 John Glassco. Memorie di Montparnasse
938 Marco Malvaldi. Argento vivo
939 Andrea Camilleri. La banda Sacco
940 Ben Pastor. Luna bugiarda
941 Santo Piazzese. Blues di mezz'autunno
942 Alan Bradley. Il Natale di Flavia de Luce
943 Margaret Doody. Aristotele nel regno di Alessandro
944 Maurizio de Giovanni, Alicia Giménez-Bartlett, Bill James, Marco Malvaldi, Antonio Manzini, Francesco Recami. Regalo di Natale
945 Anthony Trollope. Orley Farm
946 Adriano Sofri. Machiavelli, Tupac e la Principessa
947 Antonio Manzini. La costola di Adamo
948 Lorenza Mazzetti. Diario londinese

949 Gian Mauro Costa, Alicia Giménez-Bartlett, Marco Malvaldi, Antonio Manzini, Francesco Recami. Carnevale in giallo
950 Marco Steiner. Il corvo di pietra
951 Colin Dexter. Il mistero del terzo miglio
952 Jennifer Worth. Chiamate la levatrice
953 Andrea Camilleri. Inseguendo un'ombra
954 Nicola Fantini, Laura Pariani. Nostra Signora degli scorpioni
955 Davide Camarrone. Lampaduza
956 José Roman. Chez Maxim's. Ricordi di un fattorino
957 Luciano Canfora. 1914
958 Alessandro Robecchi. Questa non è una canzone d'amore
959 Gian Mauro Costa. L'ultima scommessa
960 Giorgio Fontana. Morte di un uomo felice
961 Andrea Molesini. Presagio
962 La partita di pallone. Storie di calcio
963 Andrea Camilleri. La piramide di fango
964 Beda Romano. Il ragazzo di Erfurt
965 Anthony Trollope. Il Primo Ministro
966 Francesco Recami. Il caso Kakoiannis-Sforza
967 Alan Bradley. A spasso tra le tombe
968 Claudio Coletta. Amstel blues
969 Alicia Giménez-Bartlett, Marco Malvaldi, Antonio Manzini, Francesco Recami, Alessandro Robecchi, Gaetano Savatteri. Vacanze in giallo
970 Carlo Flamigni. La compagnia di Ramazzotto
971 Alicia Giménez-Bartlett. Dove nessuno ti troverà
972 Colin Dexter. Il segreto della camera 3
973 Adriano Sofri. Reagì Mauro Rostagno sorridendo
974 Augusto De Angelis. Il canotto insanguinato
975 Esmahan Aykol. Tango a Istanbul
976 Josefina Aldecoa. Storia di una maestra
977 Marco Malvaldi. Il telefono senza fili
978 Franco Lorenzoni. I bambini pensano grande
979 Eugenio Baroncelli. Gli incantevoli scarti. Cento romanzi di cento parole
980 Andrea Camilleri. Morte in mare aperto e altre indagini del giovane Montalbano
981 Ben Pastor. La strada per Itaca
982 Esmahan Aykol, Alan Bradley, Gian Mauro Costa, Maurizio de Giovanni, Nicola Fantini e Laura Pariani, Alicia Giménez-Bartlett, Francesco Recami. La scuola in giallo
983 Antonio Manzini. Non è stagione
984 Antoine de Saint-Exupéry. Il Piccolo Principe
985 Martin Suter. Allmen e le dalie
986 Piero Violante. Swinging Palermo

987 Marco Balzano, Francesco M. Cataluccio, Neige De Benedetti, Paolo Di Stefano, Giorgio Fontana, Helena Janeczek. Milano
988 Colin Dexter. La fanciulla è morta
989 Manuel Vázquez Montalbán. Galíndez
990 Federico Maria Sardelli. L'affare Vivaldi
991 Alessandro Robecchi. Dove sei stanotte
992 Nicola Fantini e Laura Pariani, Marco Malvaldi, Dominique Manotti, Antonio Manzini, Francesco Recami, Gaetano Savatteri. La crisi in giallo
993 Jennifer. Worth. Tra le vite di Londra
994 Hai voluto la bicicletta. Il piacere della fatica
995 Alan Bradley. Un segreto per Flavia de Luce
996 Giampaolo Simi. Cosa resta di noi
997 Alessandro Barbero. Il divano di Istanbul
998 Scott Spencer. Un amore senza fine
999 Antonio Tabucchi. La nostalgia del possibile
1000 La memoria di Elvira
1001 Andrea Camilleri. La giostra degli scambi
1002 Enrico Deaglio. Storia vera e terribile tra Sicilia e America
1003 Francesco Recami. L'uomo con la valigia
1004 Fabio Stassi. Fumisteria
1005 Alicia Giménez-Bartlett, Marco Malvaldi, Antonio Manzini, Santo Piazzese, Francesco Recami, Gaetano Savatteri. Turisti in giallo
1006 Bill James. Un taglio radicale
1007 Alexander Langer. Il viaggiatore leggero. Scritti 1961-1995
1008 Antonio Manzini. Era di maggio
1009 Alicia Giménez-Bartlett. Sei casi per Petra Delicado
1010 Ben Pastor. Kaputt Mundi
1011 Nino Vetri. Il Michelangelo
1012 Andrea Camilleri. Le vichinghe volanti e altre storie d'amore a Vigàta
1013 Elvio Fassone. Fine pena: ora
1014 Dominique Manotti. Oro nero
1015 Marco Steiner. Oltremare
1016 Marco Malvaldi. Buchi nella sabbia
1017 Pamela Lyndon Travers. Zia Sass
1018 Giosuè Calaciura, Gianni Di Gregorio, Antonio Manzini, Fabio Stassi, Giordano Tedoldi, Chiara Valerio. Storie dalla città eterna
1019 Giuseppe Tornatore. La corrispondenza
1020 Rudi Assuntino, Wlodek Goldkorn. Il guardiano. Marek Edelman racconta